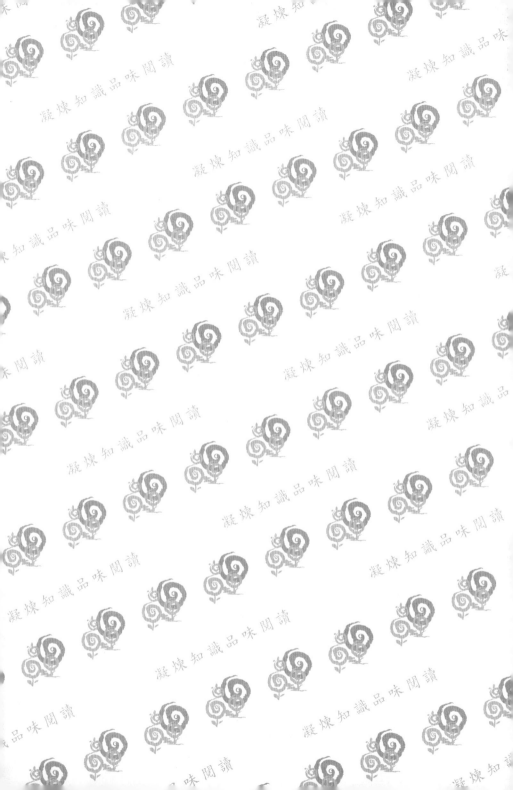

中國現代詩

張健 編著
文化大學中文研究所教授

五南圖書出版公司 印行

自序

個人創作、批評、研究現代詩已有三十個年頭，在臺灣大學及行政院文建會文藝創作研習班擔任「現代詩及習作」一課的教席也已有三年，現在編成這部宜於大專學校新文藝及現代詩課程的「中國現代詩」，頗感欣慰。

全書計分三編。首編為詩論：歷論現代詩的特質，與比興的關係，它對中國文字特色的表現，傳統與反傳統問題，中庸詩觀．現代詩與詩人，以及各項內容技巧方面的課題，並檢討現代詩在今日文化及社會中的地位，最後提出未來動向的展望，恰好十篇。

第二編為詩史：共分五個時期：五四時代，三十年代與四十年代，自由中國前期，自由中國中期，自由中國後期，另有前言。各期中除述及其一般特色外，主旨在論析重要作者的風格及代表作。既利教學，亦可供自習或欣賞之參考。

第三編為詩選：計選李金髮以後的詩人五十九家，下限為四十歲。至於四十歲以下詩人的作品之選錄，限於篇幅，當俟諸將來。選錄的標準是內容與技巧並重。讀此一卷，已可進入中國現代詩的殿堂。

願詩人及學者們有以教我。

張　健

七十二年冬在臺灣大學中文糸

中國現代詩 目錄

第一編 詩論

第二編 詩史

第三編　詩　選

第一編　詩　論

1 現代詩的特質

認識現代詩，正如接受文化中其他新生的內涵一樣：須有開明通達的心智與虛懷若谷的態度。故對於矢志拒絕現代詩的人，我們實在愛莫能助。誠然，現代詩的現狀，是偏向於含蓄晦澀的，然含蓄並非製謎，晦澀亦非造迷宮，一個有藝術良心的作者，必然會在其作品中留下一些來龍去脈的跡象，以供眞誠的讀者玩索。此中滋味，實如飲水之冷暖自知；我想凡欣賞舊詩或西洋詩曾有其美感經驗儲存者，若不盲從諸如「五四以來新詩成就最差」的武斷，也必能自逐漸體味中吸得性靈上的甘露。

人們每囿於業已根深蒂固的習俗，然時間之遷化確非人類之偏見所能制止。對於一些無形的更新，一般人實已不假思索的浸淫其中，然對有形可以察見的存在體，則每以「標奇立異」一詞爲武器，迎擊之唯恐其不暇。其實同爲亂世，二十世紀的八十年代比諸唐代中葉的安史之亂年間，相去何能以道里計！二十世紀以來，我們被迫地接受以往所從來不曾有過的那麼多知識，並觸及更多的經驗；戰亂、科學等等，都足以使現代人的生活更複雜，人生觀更歧異。因之，杜甫儘管在文學史上有其永難抹煞的足跡，而其成就卻已根本不能限抑我們後人在詩文學領域中的進展。故現代詩的詩聖尚未出現是另一問題，中國詩不得不現代化才是整個課題的眞正重心。

然創新絕非否定既往，猶如受歐美文學思潮之影響並非甩棄傳統。現代新詩的發展既不得標榜「横的移植」，亦毋須力倡「縱的承繼」，且也決不是二者的混合物。一味地仿艾略特、仿波特萊爾，正如仿李白、仿杜甫同其不智，同其不忠實於藝術。我們既不能使自己脫出中國人的血脈之外，亦不能使自己自廿世紀遁回古代的歷史，因之，現代詩的嘗試、創鑄，應爲卽時地而又超時地的。對於傳統無所認識而盲然務新者，如飄蓬浮萍，終難經受暴風雨的考驗；或能煊赫於一時，終將煙消雲散。而對世界文學之潮流悍然格拒者，也難免爲舊詩詞所奴而終不能自成格局，並忠實地映現此一時代與「我」在時代中的存在意識。

現代詩畫及音樂都在趨向一新的方向，卽以敏銳的神經及官能爲基礎而產生特殊情調之寫照，所表現者非抽象之精神狀態卽敏銳的直覺感受。自然，作者的氣質與個性又決定其各個努力的方位。但詩的內容之擴充，實以生活體驗方式的變易爲最大關鍵；也正因此，技巧之重要性也相並地驟增，而在形式上，已不復能容忍固有格律之拘束，「自由詩」應運而生，但自由詩必須基於對舊格律有相當的體認，換言之，「破繭而出」的過程尚須以相當的毅力去蹈履。否則，「自由詩」同時將成爲新詩發展的一大陷阱。在今天現代詩面臨的考驗之中，自由詩如何獲得一確切的內在的保持力，而免致形式（狹義的形式，或廣義的「格律」）的破產，正是其一。此外，傳統精神之涵養與表現；詩意境的深度如何配合詩技巧之猛進；以及作者、作品、讀者之間如何渾然交流的問題，都是值得注視的。

2 現代詩與比興

現代詩中純粹「賦」的成份現已抑減至最低程度，本文不欲予以論析。而「比」和「興」呢？我想在談論之前，先借用葉嘉瑩先生的界說：「所謂『比』者，其『情』與『物』之關係，除感情之感應外，尚有理智之權衡比較存乎其間，故其關聯較有理路可尋。至於所謂『興』者，則其『情』與『物』之關係，但爲直覺之感應，絲毫沒有理智之權衡比較存乎其間，故其關聯亦無明白之理路可尋。」（文學雜誌六卷二期「幾首詠花的詩和一些有關詩歌的話」）據此，姑不論現代詩的現勢是否如葉先生所說的「感覺重於理解」，現代詩中比、興之高度運用卻是事實。這一方面視各作者之氣質及風格——如羅門多用比，葉珊多用興；一方面也看所寫的題材而定——如瘂弦的作品範圍較廣，亦時用興體，其舊作「音樂」、「從感覺出發」等皆是。後者尤爲一興體詩的典型，然其中仍不免有比、賦的成份，且欣賞者也絕不可能全不憑藉「理解」而獲致一些可攫的印象；自然，對此詩之欣賞已非「懂」這一概念所能網羅。（謝榛四溟詩話云：「詩有可解，有不可解，有不必解。」可供參證。）

本來，「單純的比與興實在並不多見」，零碎地分析常失之勉強；但自一篇詩的整體來看，多少可以辨別其作法上的傾向——朱子注詩經的辨法固然失之籠統、呆板，但某些詩確實也可以直說是「

賦也」、「比也」、「興也」。現代的新詩當然不似上古的歌謠那樣單純，因此細密的分解往往反致漏洞百出。然自整個潮流來看，確有其一般的偏向。有人以爲寫詩走羊腸小徑總勝於行陽關大道，可反映出現代詩人的一項重要的創作態度。然「詩品序」所說的「若專用比興，患在意深，意深則詞躓。若但用賦體，患在意浮，意浮則文散。」實爲千古不易之理，正客觀地指出了現代詩的疵病。純用賦體易上陽關大道，而一首卽興的現代詩，卽使其所對之景物同於前者，其所表現的卻可能是某種更豐富的意義——亦卽摻入了詩人特殊的個性、觀念以及感受力，而此種潛在的意義是否能爲每一有觀賞同一景物之經驗者所領略，則又是另一問題。另一方面，所謂「詞躓」，也正對上了「羊腸小徑」。透露此關鍵的現象之一，爲現代詩——至少就臺灣的詩作言——精短者多於大肆舖展者。唯歸根結底，「專用比興」幾已成爲現代詩創作的一般狀態，卽欲變更，恐亦非短期內可以力致，卽使不一定要待至整個時代有所變更之後。

聯帶的一個問題，也是葉先生提及新詩時所指出的，卽「一種忽視『正常』偏愛『變態』的徵象」。這雖非百分之百的事實，但其趨勢卻是隱約可見的。其間原因，至少有二：一是跟上面重比興的現象相並產生的，比、興自須依恃主觀印象，（「興」何嘗不可以印象派畫家的運用色彩描摹光影來比擬？）而人與人的感受又豈能完全相同？因此「變態」實生乎詩人與詩人以及詩人與常人之間的感官、神經的反應力的「小異」上。在現代詩的界域中，後者的距離拉得頗長，故爾現代詩的讀者每有追不上作者之困躓。二是現代人本身的問題：此一大苦悶、大動亂的時代中，「常態」本身之標準都幾已無法保持，遑論爲人重視？關於這一點，有識之士似已有所警惕，而在試圖化除一部份不必要的「變態」表現，然而詩人之可貴在乎求眞（乃至不顧袒裸之羞愧），故詩人在詩中表現「變態」，毋寧正是爲此一時代苦悶的人們作一代言人。所可憂慮的是：僅僅爲了「偏愛」變態而行乎變態之道；如果確屬如此，則此風實有待吾人共同扭轉。

8　中國現代詩

3 現代詩對中國文字特色之表現

有人以爲現代詩純係橫的移植，實已脫出中國文學傳統之正軌。我頗惑於論者如何下此界說。如果這是可信的事實，則今日的小說、戲劇又何嘗不然？健全的評論豈能厚此薄彼？況且新詩所受於西洋文學者，究以技巧上的影響爲主。印度近代二大詩人泰戈爾、奈都夫人的技巧，亦多襲自西洋詩，而其爲印度近代文學之重鎭，則無可異議。前者且被譽爲「新吠陀詩人」，可見技巧上的現代化並無傷於詩中民族性的表現。但，每一民族的文字皆有其特色，文學創作者之工具既爲本國的文字（此點稍與美術創作不同），則對其本國文字的特色，確應有所體認，以便隨時運用、發揮。

中國文字乃一獨立的文字體系，其最大特色爲單字單音，因此在應用上，也有許多特異的長處，而這些長處，現代詩人們是否因爲受過西洋文學的洗禮而把它們完全忽略了呢？事實上，恐怕只是習焉而不察罷了。

一、黏附性

西洋語文中句的構成以一動詞爲必要條件，而中國文字則無此限制，反之，且極富黏附性。如馬致遠那首膾炙人口的「天淨沙」，即以「枯藤、老樹、昏鴉。小橋、流水、人家。古道、西風、瘦馬」九個獨立的名詞構成絕妙的意境。而李清照的「聲聲慢」更大膽地用了「尋尋覓覓冷冷清清悽悽慘慘戚戚」七組疊字來抒情（這兒又涉及疊字及象聲問題，暫且不談）。現代詩中此種表現法也已有見，如余光中的「聽」：

無風的晴日。草地上。
塞拉的雲。莫內的陽光。

又如金狄的「裸女」：

弦的組合，
音的震盪，
一首瑪利亞的讚美曲。
雲的線條，
霞的畫面，
另一幅安格蘭的「泉」。

全首只有「組合」、「震盪」二詞本質上爲動詞，在此也已轉變爲動名詞，故全詩實爲六短語構成。

二、整齊性與對偶性

駢文、四六與律詩，只有在中國文字中才能出現，因爲方塊字工於爲此。當然，它們的末流終成了死文學，成了文字的積木遊戲。但此項特色卻迄未消失。早幾年詩壇上方塊詩很盛行，甚至有人乾脆寫新型的「絕句」，這誠然是過猶不及——因求形式之整齊，傷害了文字之靈活與夫情意之擴展，即偶見佳作，亦不足爲訓。但在高下錯落的詩句中，偶而——視必要情形——挿入數行整齊乃至對偶（不是規格謹嚴的駢對）的詩句，往往反能使詩的形式增多變化，而產生異樣的和諧感；並因同數量字音的重複，增強鏗鏘之勢或沉鬱之感。如白萩的「瀑布」第二段：

曾以握有閃電的雄心
想力劈封閉的未來
曾以橫跨宇寰的腿力
想邁過斷落的世紀

以及阮囊的「彌撒」第七段：

照著周公濕潤的頭髮
照着孔子蜿蜒的車轍

照着憂憤的汨羅江水

照着屈原萬古的歎息

此種嘗試可能產生板滯的流弊，但仍值得加以研究。駢文、律詩……雖已落伍，中國文字的對偶性卻是不朽的。

三、中國文字之彈性大

中國文字中詞性的轉變甚易。這一點現代詩人們的發揮比前人更爲精彩。詩作中常見將抽象名詞置於實體名詞地位，以構成新的意象。此本屬修辭中的拈連格，舊詩詞中亦有「一牀明月蓋歸夢」、「重門不鎖相思夢」、「一夜東風，枕邊吹散愁多少」之例。現代詩如吳望堯「從多夜歸來」中的：

滑過去！伸手抓住一條夜的尾巴

阮囊「閏八月」中的：

夜已來了啊！鎖著死亡。

周夢蝶「水龍頭」的開端：

時間

被囚釘在石壁上了！

此種用法固非中文所特有，但中國文字的靈活性，確使它更易獲得較佳效果。而在遣詞上，動詞、形容詞、副詞之可由名詞變位轉化而成，尤豐富了詩篇中的詞彙，如余光中「塵埃」中的「瓜熟」，夐虹「止舞人」中的「傘展」，雖屬自鑄而不覺其澀。又拙作「上帝的鬚髮」首句「烏賊尾着烏賊」，動詞不用「跟隨」，即若改用「尾隨」，亦覺太贅。

四、冠詞的特色

英文中冠詞除 a, an, the 外，亦有 a piece of, a pair of……但究屬少數，且難表現生動之意象。一「尾」魚、一「瓣」花、一「彎」新月……都是中國文字所特有。新詩中尤不乏佳例。如夏菁的「開出一樹彩虹，一樹燦爛的煙火」（噴水池），東陽的「海上的風砌起一牆高高的浪」（海上），是用名詞「樹」、「牆」作冠詞，以喻「彩虹」、「浪」的形象。而周夢蝶的「一枕黑甜的沈溺」（霧），唐劍霞的「一杯溫慰」（雪），則以「枕」、「杯」表「沈溺」、「溫慰」所依附之處所。又如葉珊的「一片憶念」（落葉），夐虹的「一顆靜默」（藍珠），若改爲「如落葉的憶念」、「如藍珠的靜默」，意味勢必大減。而在他國詩文中，同一意象的描寫即不易如此潔淨而予人新奇雋永之感。

以上自語文觀點看中國現代詩之創作，或不免掛一漏萬。筆者之用意實在於引發新詩人對此的自覺。誠然，中國文字亦有不少的缺憾，尤其在思想精密的現代，在變化複雜而又微妙的現代詩中，這項事實絕難否認。如單複數的變化及盈裕的穿插等，自須參照其他語文的用法予以蛻化。此點在黃用的「歐化與現代化」一文中曾舉瘂弦的「耶路撒冷」中的「們」字用法予以析明。

然「現代化」絕非否定傳統的一切，而係予傳統以一種嶄新的刺激，使之發生適度的改變，以配合新時代創作的需求。西洋詩的現代化成份，原則上只應是一有力的催化劑。黃用所謂的「有些人寫的詩像譯過來的西洋詩，但這仍可能是很好的中國詩——如果這是基於表現上的需要，而不是文法上故弄玄虛。」原則上筆者完全同意。但所謂「表現上的需要」，恐怕很難定一客觀的標準。詩中表現異國情調自然是另一回事，而那些像西洋詩的中國詩（假如是很好的），是否全然不可能改寫得更中國化而不見減色呢？我想這還須作者自覺地加以推敲。很可能此種現象的導因只在乎作者本人對西洋詩之熱衷或浸淫的比例過高。好在眞正像西洋詩的現代詩，究竟尙限於少數作者之部份作品。

事實上現代化與中國化並不衝突，端視創作者筆下有無分寸：拘執地承襲舊詩詞的語彙、結構，是故步自封；前進地用中國字寫西洋詩，又豈正格？試看爲人所詬病的倒裝句式，現代詩中運用得是否有度！

楊喚「八月的斷想」首句，特別加重前四字的語勢：

聽見了嗎？混濁的音樂溶解了。

而鄭愁予「殘堡」之末二行，則妙在綽有餘裕：

趁月色，我傳下悲戚的「將軍令」
自琴弦……

阮囊「彌撒」第四段，則意圖優餘地修飾主語而避免詩句之冗長無力：

訪搖櫓的舟子
　那載着一船爽口的西瓜的
訪推獨輪車的莊稼漢
　那啃着一隻熟透的蘋果的
……

以上確都是基於表現上的需要而出此。且倒裝語法原非西洋語文所獨有，中國古代的文學中亦曾屢見。如離騷的「回朕車以復路兮，及行迷之未遠。」連詩風謹嚴的杜甫都有「香稻啄餘鸚鵡粒，碧梧棲老鳳凰枝。」等倒裝句。則必要時援用倒裝句入現代詩，固不得謂破壞中國文字的特質。

唐初王梵志、寒山輩的偈體詩，很難說是第一流的創作，猶爲後人（如胡適之）推爲白話文學史中重要的一頁。而他們顯然深受印度佛教作品的影響。因此，新詩現代化（因現代詩不源於中國，故相對地我們確受西洋詩之感染）是舊詩、詞、曲的創作達到巔峯後必趨的路向；但至低限度，新詩人們仍須對其表達工具的特質有一起碼的認識，才能進而寫出更中國化的新詩來。英國女詩人雪脫維爾也說：「一切詩均應根植於語文……倘詩未能運用恰當的文字，詩人亦就不成其爲詩人了。」在目前，一般現代詩人對於這方面似尚欠着意的思考與斟酌。

詩代現國中　16

4 現代詩與反傳統

一、傳統的意義及價值

傳統是一個重大而複雜的課題。正由於此，各種樣式的誤解乃是在所難免的。吾人今日追索傳統的眞諦，目的雖在求其「用」，而於其「體」亦勢不能不有所明辨。傳統之定義或可擬作：在一定空間範圍內，具有其時間意義的文化背景。此種時空交錯的整體現象，對於保守者與激進者都可能成爲一種偏差。就整個文化而論，中國近百年來的不幸，傳統精神之不能明朗化乃是一大癥結；而就詩的發展看，傳統之特色未能發生其應有的浸潤力，亦無疑爲一大缺憾。概略言之，傳統之價値乃在使民族之新生命力趨於穩定與深厚。而現代詩在今日中國，當然亦係民族之一項新生力。故傳統的討論勢難避免。

二、「反傳統」的意義及批判

在十多年前，「反傳統」的口號曾在詩壇上流行一時。吾人殊不願籠統的貶斥「反傳統」爲邪辭謬說。蓋傳統對每一時代人們的籠罩，在未加有心的淘鍊之前，往往具有一種窒息性，此種窒息性若過於強烈，必成文化之阻力。在歷史悠久的民族尤然。「反傳統」者卽欲使新生的一代自傳統的僵化危機中突圍而出，以便進一步之開展。此猶如政治上的革命。但天下未有以革命始以革命終之政治，亦不可能有以「反傳統」貫徹始終之文學。我們這一代的創作力已經萌發，目前的大事是如何使之「就範」。反傳統之範圍包括內容和形式（含技巧）兩方面，前者已至一宜於局部折返的階段，後者尙有發展的餘地。

三、中庸的觀點

談中國的傳統不可能不以儒家思想爲中心。而極目今世，人類文化亦確須儒家精華的滋潤，若自儒學之極致「中庸」加以探究，或可爲現代文學藝術之偏激處作一番救藥或指引。此項傳統乃是中國人民穩定含蓄的本原（請參看「現代詩與中庸詩觀」）。而中國詩之所謂「溫柔敦厚」、「思無邪」（皆應作廣義解），亦與整個民族性息息相關。如上所云，都不具有一種偏狹的排他性，而對現代詩來說，仍不失其內涵的價值。因爲創作內容之現代化，並非意味創作者氣質的歐化或西化。故一個作者必先肯定自己爲一二十世紀的「中國人」，然後始能進而有所創。

總之，反傳統的精神已爲現代詩拓開了一條嶄新的道路，接下來的工作是如何將這條新路舖築得更厚實、更寬闊。

5 現代詩與中庸詩觀

傳統是一個重大而複雜的課題。本文涉及其中重要的一項，若干部分純係一己之見，乃屬假擬或建議性的。既不敢強人相從，亦不存按圖索「驥」之妙想；而且所論述者未必能包羅一切的詩。這只是一項嘗試而已。

談中國傳統不可能不以儒家思想爲中心。若自儒學之極致「中庸」加以探究，或可爲現代文學藝術之偏激處作一番藥救或指引。首先當澄清「中庸」的意義：中庸並非庸祿、庸俗之相似詞，此點近人頗多辨析，不擬多贅。爲中庸下一簡明的定義，當是：平易而莊嚴。其中包含有高明、深遠等義諦。世間事物，往往居中者最高（如山峯，如屋脊，如中指），但此非指量的中和（如一、五之中爲三），而係質的涵養。此項傳統乃是中國人民穩定含蓄之內在因素。不幸後人不能體察其眞相，反被斥爲鄉愿之同位詞；又以近代工業文明之蔓延，一切要求徹底或極端，「中庸」遂無形淪落。然徹底而欠缺起碼的保留，極端而導致物極必反，實爲今日人類文化之潛在危機。今人以物質文明干擾精神意趣，結果平白使優秀傳統無所發揚其歷史性的妙用。以上爲對整體文化之觀點。以下再縮小視境，且暫以「中庸的詩觀」名之。

首先當澄清讀者可能的誤解。筆者絕非主張詩必須臻至「不偏不易」之境地。其實以「不偏」「不易」釋中庸，僅足顯現古人在觀點上的自囿。彼等殆在心目中默認一客觀之準則，此其爲「道」，此其爲中庸之標的。完全符合此準則者，卽「不偏不易」。此種觀點乃是先肯定其本位，而後作質量雙方面之調協者。吾人所欲提出之「中庸」，則不必有一確定的準則，而係一種假想的趨向。完全達到「中庸」之境，是哲人（乃至聖人）之事。而筆者所欲建議詩人們者，純係一種較自由的涵養。明晰言之，只是提供一有利於各人發展的箭頭。

欲作進一步的討論，勢須先論狂、狷。當今之世，不僅中庸的人格茫不可求，卽狂狷之典型亦百不得一。詩人本屬時代中性靈優異的人物，故其中每多狂者、狷者。此於亂世尤然。而在二十世紀，由於科學文明之突進，物質世界之繁榮，環境刺激之加強，狂者易得，狷者難求。盱衡當世，文學界之憤怒青年實已不止一時一地之現象；而如周夢蝶那樣自足於物質生活、自律於性靈之純淨的人物，則有鳳毛麟角之感。他始終能在詩中維持相當水準的穩定與深沉，顯然亦與此種氣質有關。大體言之，狷較狂更近於東方的精神。而在相反的一面，則以憤怒、苦悶、急躁乃至性的揮發爲特徵的狂者，無疑係受了西方世界的感染。當二者反映於詩的創作，自亦難以改變此間的強烈對照。

跳出傳統的界域以觀，狂者的表現應爲現代有心人的本色。問題在於狂而自迷，迷而不返。今日文學藝術之最大病態，關鍵端在乎此。縮小範圍，中國（乃至東方）精神之日漸衰落，泰半亦由於此。西方每吸收東方精神以完成其哲學之體系，然由於文化背景與眼光之迥異，難免越橘淮枳。叔本華哲學乃受大乘佛教啓發，卻作了極爲偏狹（生殖意志之毀滅）的結論。本世紀之存在主義亦然。

尤爲不幸者，存在主義本身已失之狹隘，吾人所買取者則爲其中最不堪之「糟粕」。於此，吾人更不能不爲傳統之萎縮而自警。近數十年之歐風東漸，中國可能是得不償失的。目下每一中國文化人之職責爲：陶熔其所得，且重覓其所失。然文化界本身的混淆，似難肩負此一大任，文學界藝術界顯然較爲單純、上進，故筆者提出中庸詩觀，乃企望現代中國詩人們成爲目下文化界之新生力，進而回顧傳統。

回顧傳統絕非囫圇吞古。此點筆者當可信任讀者之開明程度。玆當收攏話頭，再析中庸詩觀之內涵。猶憶當年余光中在「簡介藍星詩叢」一文中建議周夢蝶「稍稍放縱一點」，相反地則認爲筆者應「收斂一點」。此係就事論事，然卻恰巧可以作爲中庸詩觀的一項具體說明。一度作爲一狂者，筆者近年來實已作了中庸詩觀的實驗者，不論其成績如何。同文中又提及「吳望堯式的放縱」和「阮囊式的收斂」。玆爲便於明晰之辨察，暫舉吳望堯、周夢蝶與阮囊三位詩人加以分析：

此三人或多或少皆有傳統的色彩，此爲例舉的先決條件。分而言之，吳望堯代表了狂，周夢蝶代表了狷，而作爲中庸詩觀之創議者，筆者不得不推阮囊爲二十世紀的中國式的「中庸」詩人。但吳望堯的狂，似乎欠缺前述的時代意義，他雖亦吟詠現代都市文明、科學文明的種種，然在本質上乃大有異於所謂的憤怒青年。爲狂而狂，不屑作任何的自我約制，是筆者對吳望堯的片面評語。余光中所謂的「有一種原始人的野蠻精神」，足與上云者印證。故望堯雖有奇才，作爲一優秀的詩人，則始終予人某種缺憾之感。中庸詩觀所企求建議的對象，主要當爲望堯式的作者。筆者並不強求他們走向「狷」，而是盼望他們解脫一部分狂的推進力，那種近乎盲目的生命（或情緒）的迸發。吳望堯雖也有他柔和的一面，但剛柔之不能調協，正是中庸詩觀批判的主要對象。周夢蝶式的狷，是較少同儕的。當此滔滔之世，那種古典式的矜持眞是難能可貴。筆者幾不忍要求他作某種方式的激躍，余光中曾希望他「透一點馬達聲進去」，原則上這是中庸詩觀之所欲同，但揆諸事實，還是讓作者自爲斟酌吧。也許，他將自另一條幽徑直趨中庸，而不穿過現代文明的鬧區，這或許是不甚「正常」的，但東方的傳統精神根本是極富彈性的。周夢蝶近年來在爲人、作詩方面確已有「小德」之「出入」，我們企望他不囿於狷亦不慕於狂，好自爲之，以求屹然自立。

阮囊本質上亦爲一狂者，但表之於詩，他顯然已在潛意識中接受了最廣義的中國詩傳統——溫柔敦厚。此爲筆者不得不擊節者。他的「收斂」，既爲自覺的，亦且逐漸成爲自然的。此正是筆者提出中庸詩觀的重心所在。而且，阮囊顯然是現代的，他不似周夢蝶那樣與現代幾乎絕緣，此其健全之處，亦足爲中庸詩觀的範例。

提綱挈領，我們亟盼詩壇許多現代化的狂者（按：狂者至少有二：一爲吳望堯式的，作爲一宇宙子民之狂；一爲帶頹唐悲觀意味的，其「狂」爲反激式的，乃作爲不正常的現代一份子之狂。）有所收斂，有所自覺，有所超「出」，且對東方溫厚的傳統有一全人格上的虛心沉浸。此種企求的對象乃是極廣義的。在今天，談論「樂而不淫」毋寧是多餘的，因爲樂而至乎淫，如今往往是哀傷之一種反激。然而「哀而不傷」一語，仍當提出作爲中庸詩觀之一偏的註腳。憤懣而不絕望，激切而不毀滅，當是最起碼的限度，否則詩亦不能維持其尊嚴了。屈原固是一強者，而其作品之不朽，半亦由於其迴盪而仍有所蘊蓄的表現。而陶淵明對中國文學界之始終如一的最大影響力，正是中庸詩觀之有力文柱。二十世紀的詩人無法如陶氏那樣地生活，但他自「冰炭滿懷抱」至「復得返自然」、「不覺知有我」的那種發展過程，卻仍值得有自覺的現代詩人參考。

中國現代詩 24

6 現代詩與中國傳統

中國現代詩發展至今，已有六十年的歷史。不可否認的，我們已鹵獲若干成功或近於成熟的作品。但對於一種在文學史上能屹立不傾的文學體裁，幾十年功夫的發展實在仍嫌不足。因而其發展的過程中，也不可能沒有偏差。身在此山中的創作者，即使能自不同的觀點加以回顧、討論，乃至預言，顯然都不能企求其豁現絕對的價值。

我想我們這兩代（包括五四的前輩們）在文化上最大的困境是：中、西文化的分野與抉擇。文學上亦然。固然，在今天，一個苛分中西的持論者已近於童話中的人物，但就在比較開明、年輕（意指思想上的年輕）的一羣中，也往往惑於傳統、西化等名詞或其實質的意念。在中國現代文藝（亦包括繪畫、音樂）潮流中，確有着爲數頗可觀的作者及論者珍視着所謂「傳統」的意義。但「傳統」一詞本身便是一個不無爭論的課題，遑論其眞實的內涵！

我個人對此的假想是：除了西方文學的傳統（當偏重他們二十世紀的發展）外，中國的傳統理應包括整個中國文化（以思想業蹟及生活方式爲主）的沉浸及了解。甚至，由於事實上的不可避免，對中國傳統中的渣滓成份亦不得不作相當的探察。至於中國傳統文學及藝術之欣賞、研究（後者對創作者而言，只是作爲對前者的一種輔佐。）尤不在話下。我常困惑地想：我們究竟將如何從中國傳統詩詞（甚至其他文類）之形式、韻味、節奏中，汲得一種取之不竭、變化自如的原素？

這一疑難的曙光也許還得等待一些默默努力的時刻才能展現。但若根本以爲它是不值一顧的，我們的作品恐怕終不能逃離西方現代文學的範疇！

我們目前所能斷言的是：我們的發展已與五四時代的文學理想（由於它是全盤奠基於新語文運動上的，難免患着先天性的貧血症）大相逕庭。譬如「不用典」等原則，稍具文學史素養的人，都能洞悉它只是一時矯枉過正的口號而已。在此點上，未來的發展大體亦不致例外。

另一點似可作較有把握的預言者則爲：未來中國現代詩的繼續發展——意卽如果它不中道夭折的話——必爲尙在少年期的白話文帶來一種更新穎鮮活的生機和面貌。

但，如其不嫌太大膽的話，我願坦率的說：

「這一代的現代詩開拓者，十之五六將成爲一種新與文學——作爲一種新文化的主要的一環——之奠基期的犧牲者。」

7 現代詩與詩人

一、爲詩下定義、繪畫像，往往導致一種可笑的誤失。詩像初戀時意中人的影象，時或清晰，時或茫然，現代詩尤其如此。

二、詩是一種沉迷，一種清醒。是冒險，也是極度的穩紮穩打。

三、現代詩是一種摸索：以耳、以眼、以鼻、以觸覺、以及心。當你企及一些光、熱、一些聲音、一些形跡時，你必喜悅，然後你務必開始去考驗那份喜悅。

四、「立志」做詩人的危險不下於立志做英雄。

五、詩也許是無花果，也許是無果花，那毋庸爭議。關鍵只在：那果實的汁、那花朵的香、色是什麼。

六、詩人的一生未必能詮釋一切詩人的心靈歷程，甚至連對自己也難以詮釋得圓滿。

七、詩是自鳴鐘，但未必有發條爲之機栝。

八、詩是食物，卻未必能果腹——有時像水果，只助人消化；有時如人蔘，你不能察知自己的那一部分蒙受了滋補。

九、有些詩是胡桃，品嘗者必須先敲碎它們的殼。

一〇、詩是街角上故友的邂逅，是閨房中夫婦的對視。

一一、詩在情人的眸中，也在敵人的額紋裏。

一二、詩是悲、歡、眞、僞、美、醜……的試管。

一三、詩人也許瀟灑得不著言語，也許一片苦口婆心，我們所熟知的往往是後者。但因爲他原是前者的兄弟，所以我們也不致把他誤認作多舌婦。

一四、不要去想「我爲詩殉」，可能正好相反：詩爲汝殉。

一五、常常把詩當作調味品的朋友，你也常把妻子當作玩偶嗎？

一六、把詩當作一種生活，不如把生活化爲詩。

一七、無詩的詩人往往是握管的吟者底恩主。

一八、詩人無固定的年齡、國籍及面貌，他的身份證不屬於他。

一九、詩是天空與湖海中的一沫偶然，但人類的心靈使之永恆。

二〇、詩也教給人們永恆——他不以鎂光燈攝影，只是耳語。

二一、高貴的詩人是也能唱男高音的男低音，或也能唱女低音的女高音。

二二、沒有什麼語言能和泉湧的詩句並匹；沒有什麼不能和做作的「詩」並肩。

二三、眞正喜愛詩的人會淡忘權力及其他；因爲詩在內心喚起人類自我的潛力。

二四、詩是無足之騏驥，無翼的逍遙。

二五、詩在喧嘩中、甯謐中。詩是滿街衢的繁華，是偶然在巷口蕩漾的回聲。

二六、詩跟嗎啡最大的不同是：不讀詩的時候並不痛苦；而且，讀了一次詩等於讀了許多次。

二七、詩人寫詩比孩子玩積木嚴肅得多，也灑落得多。除此之外，那不同只有飲水自知。

二八、懂得詩非積木、亦非剪貼時，詩的啓蒙敎育遂已告終。

二九、最內向的人也不會面對眞詩而害羞，最外向的人也不會向它嘮叨。

三〇、現代詩願與一切爲友，但不與聲、光、化、電之輩競走。

三一、現代詩人不醉於酒，但醉於新的意象、新的景觀、新的感受和新的理念。

三二、現代詩人是一個拔河者——他不斷地與世界、人性、時代、萬物、自己和語言拔河。

中國現代詩 30

8　現代詩問題舉隅

最近的詩壇，實在亟須一劑強心的激奮。大部份的詩人都有偃旗息鼓之勢，徒見一些新近對現代詩發生興趣的年青詩友在那兒點燃他們的熱誠。也許，當此跡近冬眠的非常時期內，檢討一下現代詩的某些問題，尚不致被視作庸人自擾吧。

一、現代詩的本質問題

筆者頗不敢苟同一涉及現代文學藝術輒揚出存在主義或超現實主義的時風。我們固然不必，也不應閃避這些晚近歐西文壇所嘗戮力追索的方面，卻也不宜過份的梗然於懷。讓我們把它們視作靜候我們抉擇的催化劑吧。筆者個人是反對懸任何主義爲其努力之標的的，那純然是不必要的自囿。我們樂意見到許多朋友在爲自己兼爲他人探究歐西重要詩人及詩派的前轍，但我們的輪軸仍將在二十世紀的東方心靈中規劃。其次，我想指出強調現代詩倚重感覺是毫無必要的。那是事實，但毋須鼓勵。試籠統言之：唐詩較重感覺，宋詩較重理知，然宋人的詞依然對感覺之表現極盡其細膩巧緻。足見並非唐人擅長感覺而宋人則全然經受了理學的僵化。問題的關鍵在於：唐宋人的感覺方式略有不同，而其表現感覺之媒介亦迥然有別。現代人的敏感是無可否認的，現代人感覺的多面性，亦文明之趨勢所促成，表之於詩，自不可能背道而馳。然詩若「由感覺出發」，固較由生硬定型之觀念出發爲愈，至其過程及歸結，是否必限於感覺？筆者個人之答案爲：否。過度渲染「感覺」在現代詩陣容中之突出性，無異爲繼起者設下一排陷阱。復次，現代詩所重視的感覺，其主要對象爲何？「兩岸猿聲啼不住，輕舟已過萬重山。」是上乘的感覺詩，但現代人說：「我們已有了魚雷快艇，我們再也不屑注意這些。」自然，現代的感覺對象是層出不窮的，但也因而使不成熟的作者（坦誠而言，我們這一階段的現代詩創作者，有人敢自承完全「成熟」麼？）不易完滿地做到篩汰的功夫。

二、「性」這匹黑馬

筆者無異出語驚人，說「性」是現代詩中「感覺」的唯一註脚，至少，現代詩中有爲數不鮮的成份是讓讀者直接間接地感覺着性的。我們不忌諱言「性」，但我們苦思力索，也無以發現鼓勵發抒「性感覺」之客觀理由。筆者個人對勞倫斯那樣的作者素有一股崇愛之情，但勞氏的若干表現，筆者始終難以賞識或推許。另一方面，「赤裸裸地表現時代」是作者應該聆聽的信誓，但若以爲僅此卽爲從事文學藝術者之全職，則無異低貶了繆司（如果這象徵尚不算落伍的話）的神聖。卽使一位黃色讀物的忠實讀者，也可能了悟什麼是反映此一時代靡亂、頹唐的一大主流。關於這方面，現代詩人們似乎不必繫纜太多的責任在自己的筆尖上。筆者並不反對性之影痕出現於現代詩中，但務必嚴謹地考慮其必要性——性之抒寫，必須予讀者以昇華或解脫的意向或暗示，否則至少應爲一段史詩中不可或缺之一部份。舍此而外，我們願坦白的說，在六、七十年代中國現代詩的收成中，已有足量的性感覺供君欣賞了。八十年代也許有更嚴重的性氾濫，但祈求作者們免作或屬無意的助長吧。（按：本段所言及之「性」，純指「慾」的，不涉及「靈」。）

三、僵化之危機

我們的詩友此起彼應的呼出實驗、探索的聲音，這正是更新詩生命的泉源，然而目前此一階段詩壇的冷漠，實際卻暴露了一個未必不可避免的危機——僵化。早在一、二年前，流行的格式與腔調已漸次充溢詩壇，我們慶幸有一位揉合民歌與西洋風以自由吟唱的痖弦，卻無可奈何地注視到許多本可自成一格或根本不成材器的準痖弦與僞痖弦；筆者並無意疵議他的風格與影響力，但也許是人人始所未料及的，痖弦給詩壇帶來了新生命力，同時卻也無形間攔截了詩之擴展的某些未可預知的趨向。後來他自己已改弦更轍，另闢蹊徑了，猶有不少作者效顰地舞弄「美學」，或動輒將「床」與「顫慄」移置入詩。另外一端，以鄭愁予爲先聲的所謂「婉約派」，也有爲數極可觀的仿製者。「水手刀」，「跫音」，「雨的流蘇」，「憂鬱的葡萄」……絡繹於途。

若自遠大處看，這還是問題的末節。眞正的困惑乃在：我們中的大部份都恨不得反盡民族文學的一切傳統，但卻往往跌入里爾克、艾略特……諸人的傳統。譬如我們在Y軸上捨遠取近，然卻在X軸上轉求諸遠，於情於理，皆覺窒礙不通。此一問題可粗分兩步加以剝蕉：㈠吾人眞能反盡一切傳統，純然另起爐竈、另闢天地（不論內涵或形式）？㈡不然，則與其反一部份傳統而癡戀彼一部份較晚成之傳統，何如使之並陳雜列，庶幾吾人及來日之創作者有較多迴旋的餘地？我們的困難究竟何在？我們想配出最新最有效的藥物，卻只保留了幾種原藥備用。如此這般，不束手於窘境而何？

進一步說，正常情況下理應產生的難題爲：如何篩鍊諸多的傳統（不論其遠近新故）而不致生吞活剝？

9 當前現代詩的地位

現代詩在自由中國（更確切地說，在臺灣）的發展，已有三十多年。略作回顧，我們便不難發現其進展是超速率的，此點甚至令若干圈內人亦感驚訝。實際上過速的成長並非有百利而無一害的。如今來批判中國現代詩的得失與成就，毋寧過於急切。但矚視一下其本身與周圍環境的關係，或亦有助於一般人的了解。

至今日爲止，對於現代詩的態度，大致有二：一爲使人疑作老王賣瓜式的擁護；一爲粗淺偏頗的斥議，更難免於隔行如隔山。故此文之作，僅屬一種嘗試而已。

一、現代詩與現代文化

現代之複雜、紊亂與不正常，可謂前所未有者，因之現代文化的包羅雖廣，欲抽出一可以憑執的端緒，則異常困難。就某種意義而言，現代文化的徵象是似盛實衰。現代文明所獵獲者固多，因而失落的亦復不少。基於此，現代文學藝術在現代文化中，可以說是顯凸而有代表性的一環，亦可以說是一大異端。此一時代的文學藝術從業者，不甘自淪於人慾橫流、生命萎縮的世俗中，每每企圖卓然而立；一方面則又顯然難以超然世外，蓋現代文明的衝激力與滲入性，卽使性靈傑出的藝人們，亦難作全面的招架。故現代文學、現代藝術恆是一矛盾的象徵。其中現代詩人們所致力者，亦難逃此一範疇。儘管若干古典式的作者在詩中甚少表現其對時代的敏感，大部份的詩人則面對繽紛而復黯然的現代，幾乎不知所措。一言以蔽之，中國現代詩所表現的，不外對現代文明之困惑與現代人對生命的懷疑、徬徨。（以題材言，單純的抒情詩似應視作次要的產品。）由此，我們也不難推知現代詩爲何不易爲大多數讀者所接受了——限於自覺性的不足，或較狹隘的興趣，他們並不希冀反映時代之潛在面的作品。現代詩人，猶如現代畫家，亟希將目下的世界帶進藝術，而一般人則始終未忘在藝術中尋求消遣或傳統的美感的習慣，這無疑是整個問題的關鍵之一。

二、現代詩與今日社會

社會需要可觸、可用的事物，現代社會尤然。今日社會中的一般人，不論男女老幼，皆斤斤於現實。而文學、藝術雖至二十世紀，仍不願委性靈於不顧。然則文學著作不如致富秘訣之暢銷，繪畫作品不如工程設計圖之受人青睞，亦無足爲怪。但好奇心尚可促使一些門外漢步入不收門票的畫展會場，逐次的接近現代繪畫；現代詩則只能受特有耐性的讀者試探。事實上，爲數不少的文學讀者，皆犯了輕易「欣賞」其事的錯誤。他們認爲欣賞卽爲享受，而從不考慮如何爲欣賞下一番功夫。喜愛甜膩的糖食的人太多了，而咀嚼橄欖的樂趣則只有少數人領悟。因此平庸而俗濫的愛情小說（？）往往成爲暢銷書，一部詩人數年生命結晶的現代詩集則可能在書架角落裏受塵。然則現代詩自有其值得檢討之處，對現代詩不表友善的社會，甯無反省的必要？

三、現代詩與當下教育

二十世紀的教育無疑較前代發達很多，然現代之一大危機——羣性泯滅個性，亦往往藉教育而蔓延。固然，某種方式的羣性教育的效果如何，仍殊值懷疑，但影響所及，對文學藝術的新發展顯然不甚有利。就目下的教育方式而言，一味是鼓勵庸言庸行的，雖然對特殊人才之拔識亦未嘗完全袖手，但整個地說，從中學標準本看起，卽知羣性教育對個性輔導的壓倒優勢。我們並不反對庸言庸行的基礎教育，但無法苟同一以貫之的凡庸。作爲一文化人如此，作爲一現代詩人更不能不作如是觀。今日中學生們在讀本上所讀到的，至多是一些忠君愛國的古詩，卻欠缺性靈的滋養，文學藝術之新血輪因而欠缺來源，甚至現代文藝作品的讀者亦被說教剝奪了不少。另一方面，教育界乃至文化界的人士，本身對新文學欠缺認識與信心，且對一切現代性靈之產物表示懷疑，無形間阻遏了後一代追求的勇氣。而現代詩的創作者又顯然（如歷來的詩人藝人一樣）欠缺「推銷」其作品的伎倆。若就現代繪畫而論，目前最高學府的藝術系已在無形中接納了現代藝術，且鼓勵着向此一路向推進。觀年來師大的畫展，與往年展出者兩相對照，卽可了然。而我們大部份的文學課程，卻依然停留在唯陳言之務「求」的地步。在這一點上，絕不能單單責怪現代詩的「反傳統」。（其實這一詞語，絕不能完全地顧名思義，其意義乃有所保留的）。

四、現代詩與文壇

現代詩在臺灣，千眞萬確的是文壇的異端，而且是最初最龐大的異端。臺灣的文壇在幾年來始終是作者多於眞正有價值的作品，（乍看之下，詩壇似也未能免於此種現象，但嚴格說來，在詩壇上的確殊少不藉作品的成績而崛起的作者。）這原是末節，然對整個文壇的惡劣影響，已經日趨猛烈。如果文學創作成爲一種工具、一種招牌，則文學之末日近矣。目下的詩壇也並不是一塵不染的，我們應該承認；但對詩創作之推展來說，詩壇確有一種不易具體言之的重心。儘管詩派林立，但大致客觀的眼光仍是存在着的。此點應是現代詩壇之異於整個文壇處。另一點更重要的是，今日文壇大致是保守的、因循的，只有少數的例外；詩壇則是重創新、重嘗試的（自然也有例外）。因此文壇中人對這個詩壇的反應是淡漠的，敬而遠之的；詩壇中人對文壇的其他部份則是批判的，容忍的，有時亦是讚許的。換言之，其間有一種不甚顯著的扞格，二者只能維持着不平衡的關係。現代詩壇到今天爲止，可說仍是較孤立的。

五、現代詩本身的困惱

當文壇上的某些作家日揮萬字之際，現代詩人們卻面臨他們的困惱，他們不時的在尋求新的出路，卻發現闢路並非易事。很惱人的，他們很容易走完（或跳完）一條路徑，卻始終不敢確定他們已找到一條永無止境的大道。也許是發展的年限太短——中國現代詩實在尚是一位少年；更可能是目前的環境使然。由於活動地區的狹窄，眼界、胸襟皆不易擴展，故如若干古詩人那般的浩然氣勢極感欠缺。而可寫之題材雖多，衆人的爭寫卻使許多新興的詩材亦漸成陳舊。在「日新又新」的原則下，只覺創作的道路愈走愈艱難，甚至不得不中止。同時，若干作者刻意經營技巧，卻相對地暴露了內在的缺憾；若干作者又苦於尋不到委婉或爽朗的聲音，以傾出內心的光芒，致其作品雖堅實而不易爲讀者所感應。凡此種種，皆是看似早熟而實際不甚成熟的徵象。而外界的不諒解，和部分作者的過於師心自用，亦使現代詩的現階段發展不能臻於十全十美。今後但願詩作者們能自消極的抒寫中昂然奮起，吐出對時代更富導引性的心聲，而對吾人的文化有所貢獻。

總之，現代詩既需自力的繼續推動，更盼望整個文化界、整個社會的善意協進。

詩代現國中　40

10 現代詩的展望

人類活動的領域中，不論時空之異同，都不免有迷信存在。或以爲科學的極致卽反迷信的，誠然；但科學本身亦構成了一種迷信。然則世間最可慮者，非迷信之存在，而係對迷信之隱諱。據筆者個人之觀感，認爲近來詩壇已略呈暮氣。究其根由，或卽對於「現代」之迷信使然。玆就一己所見分別析之。

一、「超道德」說之批判

藝術與道德關係之爭，自有文藝理論以來卽已肇始，筆者雅不欲在此作任何性質之武斷。然就個人平素的思慮而論，道德不可「超」也。藝術固有其獨特尊嚴，但藝術不能無友。在文化的界域內，根本不可能有魯濱遜式的孤立。現實、情感、理性、道德……皆不愧爲藝術之友。藝術家所當努力者，非對此種益友之排斥，端在戒止其喧賓奪主耳。若現實之成份過重，文學卽成商品；情感之成份過濃，文學卽成告白；理性過於強烈，則變質爲科學或哲學；同其理，道德過於壟斷，文學亦將流爲說教。但若因此而否定了它們的友誼，則無異因噎廢食。蓋藝術本身，實僅一種對宇宙人生之欣賞的原動力而已。一旦抽去現實、情感、理性、道德……等等，吾人將發現它已成爲一種純然的虛空。似此顯然並非任何從事藝術工作者之初衷。牽一髮而動全身，又焉能不詳察哉？

將現實、情感、理性、道德並列齊觀，殆非無故。試就詩的本位看，現實非詩，而人（包括詩人）不能不遇之；情感、理性非詩，而人不能不有之；道德固亦非詩，吾人又焉能與之完全絕緣？歷來的觀點，認爲詩是倚重情感的，那只是意味着情感較趨近於詩。而詩的定義既已面臨新的考驗，詩的「主知」（卽倚重理性）說遂應運而生，卻亦不能獲得多數作者的支持。回溯既往，漢代的賦乃是倚重（貴族的）現實的；一部份宋詩則倚重（理學家的）道德。此間之高下殊非三言兩語所能盡。筆者之用意，唯在藉此擴展部分的視界而已。蓋筆者個人之觀點爲：不過份倚重以上諸因素之任何一者，始能繼續維持詩的尊嚴及其展延性。

退而言之，「超道德」與「超現實」應爲一雙同位詞，然則試問：「超現實」之眞諦是否置現實於不顧？顯然的，超現實主義仍是自現實出發的。準此，則持超道德論者，又豈能完全無視於道德？

（因爲徹底的超道德必須以超脫世界爲前提。）

筆者深信：除非道德本身不復存在（若此則人類非處身極樂世界卽已滅絕），否則「超道德」只是一種易夭的口號而已。

又關於性與道德的糾葛問題，當作如是觀：

若在一嚴肅的主題下「不可避免地」涉及了性，則應視作一種現代意義的道德思索，初不必以「超道德」爲之廻護也。

二、傳統之再體認

「反傳統」是文學藝術面臨僵化危機時的一種革命手段。天下不可能有以革命始以革命終之政治，自亦不會出現以「反傳統」貫徹始終之文學。詩壇上之「反傳統」是否已經（或曾經）成功，恐尚有待後代之蓋棺論定；但不可否認的，我輩的創作力已獲相當的啓發，作者們創新的勇氣亦已日趨強旺，如今再回首來肯定傳統，並體認之，當非癡人說夢。

潮流易逝，礎石難摧。「現代」與傳統的關係，亦當作如是觀。一陣旋風過去，千年老樹仍屹然不動。吾人自不應漠然忽視風之威力，但更不能隨風飄去，乃至不知所終。論及傳統問題，不啻千頭萬緒，本文若干點乃嘗試略作涉獵，如前論之道德問題，亦其中之一。

今日談及之傳統問題，主要係指對古典文化（不止文學一方面）的一種回顧，一種反芻。就中國的傳統言，許多固有的精神已殊少見於現代詩中。如動中有靜、靜中有動的微妙體驗（面對此一時代，「動」字宜解作現代的動亂）、中庸的境界（中庸非量的折中，乃質之純化。「溫柔敦厚」爲其一端）、人本精神（包括人性尊嚴）及篤實的理想主義等。尤其中國（或東方）氣質的欠缺，更爲值得吾人惕勵者。凡此皆非言之易易，我們極希望有全面性的理論體系出現。至於形式上的傳統問題，猶其次耳。

尚須提醒的是：傳統之回顧，其目的絕非使之與「現代」混合，而係一種本質上的「化合」。同時，吾人既主張對所謂「現代」之迎受有所保留，對傳統自亦願持有較開明的態度。此其取捨之間，適足考驗現代詩人的文化素養與胸襟。

三、載道、言志之開明解析

載道、言志亦爲我國文學傳統之一。凡斥此爲迂腐者，實際上正由於承受了若干腐儒對此二詞之觀點。以現代開明的眼光看載道、言志，依然是異常嚴肅，且甚爲平凡的。所謂道者，一種哲學，一種思想，一種智慧的（具有向上性的）啓發而已。所謂志者，亦不過是詩人的（健全的）生命觀。詩人是否必須有一套哲學思想，固然值得存疑，但詩若忽視了一種高級的啓發性，無疑是價值上的自貶；至若詩人而無其獨特之生命觀，亦只是一文字匠罷了。目前詩壇若干空洞無物的作品，其作者實宜切實反省。文學領域內永不希罕無生命的紙花！

自另一面看，強調載道、言志而忽略了生命本身的感受，亦係一種曲解，且將流於藝術本質的破產。哲人可以對生命作一味的冷眼旁觀，詩人則必先「縱浪大化中」，始能發出歌聲。

四、技巧至上論之否定

技巧至上論似乎從未有人提倡過，但就事實揆度，此種潛在的傾向殊難漠視。眩人的外貌往往取代了內在的靈魂。在「現代」理論的展開下，許多固有的名詞被否定了，譬如「靈感」即其中之一。否定靈感自有其深沉的用意，然對於某些一知半解的作者，其意義似已轉爲對「靈魂」之渺視。目前詩壇上有三種情況：一爲技巧、內涵並進（實則在短時期內欲求魚與熊掌之兼得，根本甚少可能。故亦不妨冒昧的說，不論如何優秀的詩人，其對技巧的着力多一分，在內涵方面的昇進可能卽減一分。以目前頗具代表性之「七十年代詩選」諸家而論，卽有不少實例。）一爲內涵極爲堅實，反不易找到恰如其份的技巧；一爲任技巧以壓倒優勢抹煞了內涵。對於第一種情形，我們建議各作者隨時調整創作的重心；對於第二種，我們頗表樂觀，因爲成熟本不是一蹴可得的，技巧之營謀在某些作者可能是銖積寸累式的，又何必強求？對於第三種，我們認爲乃是詩壇蠹蟲，如非自行脫胎換骨，則應促其止步。否則，詩將眞正地成爲「雕蟲篆刻」了。現代詩人們實應有以「壯夫」自許之抱負！

五、僞「現代」之放逐

生於現代，人人爲現代人，但現代詩人只應是少之又少的一部份。若干朋友，不幸得很，竟獨獨對詩發生了甚高的興趣，但以本身欠缺詩人的氣質，遂不得不藉「外鑠」之力以完成其「現代」的態勢。軍隊紀律的由外而內，對於詩人是不可思議的。可是詩壇上確有不少經模仿式的「訓練」而成爲「現代詩人」者。詩人寫詩，主要應是內在光輝之閃射；今若因本身欠缺詩的光輝，乃藉助於零碎的掇拾，實爲捨本逐末之圖。詩本是靈魂的一面鏡子，現在筆者卻願懇求作者們以靈魂反照其詩，深摯的反省一下。現代詩又豈是工廠的產品，可以由加工製造而完成？

又者，目下許多「現代詩人」動輒以親炙存在主義沾沾自喜。請以事實相告：存在主義之誕生，一方面是西方近代的動亂使然，一方面亦係吸收了東方哲學精神的結果。然西方人由於文化背景及哲學眼光之迴異，其對形而上的胸襟，每覺偏狹，故當其吸取東方精神以灌溉其哲學時，往往導致不甚健全、開擴之結論。如叔本華哲學乃受佛教精神之薰陶，然結果竟以狹隘的「生殖意志之毀滅」作爲生命的唯一展望；大致說來，存在主義亦犯了類似的弊病，且正反映了二十世紀人類文化之騷擾與不幸。而尤不幸者，則爲我輩中國知識份子，不假思索，卽接受了此種易流於放縱墜失的思潮。且將其糟粕（存在主義之精華吾人眞能審知者究有幾人？）變本加厲，表之於詩，乃至用於其爲人。對「現代」之迷信，孰甚於此？

今日及時醒悟，尚非太遲，否則若任其蔓延，不難成爲這一代文化的罪人，此又絕非筆者的肆口妄語。筆者甘願天下之大不韙，建議以外鑠之功而求爲現代詩人者：不如及時解脫變態的沉浸，調過筆尖去寫作散文、通俗故事甚至傳統詩吧。

總之，筆者一己之偏見爲：「詩人」應減少一些，且應更嚴肅些。

六、詩人人格之再鑄鍊

「現代」的迷信聯帶地使若干詩作者忽視了人格之素養。其實，未能着意於人格鑄鍊的詩作者，筆下若寫出不朽的一行或一首，只是偶遇。卽就偶然的觀點看，「文章（詩亦然）本天成，妙手偶得之。」之所謂「妙手」，亦絕非單純的天才，必然是經過後天的一番琢磨的；否則，其「偶得」之或然率亦必甚低。

若干現代作者因沉溺於存在主義或虛無主義的氣氛中，對人格鑄鍊一事，早已斥諸九霄雲外，結果爲生活態度之放浪，乃至對生命本身亦失去其本然的信心。此實不能視爲健全的詩人之典型。或將認爲筆者斯言爲閉門造車之談。然則試反省之：此種「荒謬化」的態度，是否完全係生命內在的引發？其中絕對未受觀念上的誘惑或習慣上的沉迷？若云誠然，我欲無言。否則，進一步的振拔與凝鍊當是創作者對自身的責任。

此外，一個現代詩人固不能無視於時代的一切糾葛，但對社會勢力（不論有形者或無形者）的抗拒，仍須保有其古典式的矜持，始不致影響其作爲詩人的展望，蓋無論詩人之靈魂如何傑出，日久的社會週旋，勢將造成人格的游移，或根本變化了高貴的氣質。

總之，詩必須藉日趨高超之性靈與人格爲其原動力，否則藝術的尊嚴將畢竟只是空談。

七、人本精神與新生命力之發揚

在中國，尤其在現代的中國，人本精神應爲文化的主流。我們不再需要神話、囈語與鬼譚。宇宙內最有價値者，當爲豐富而微妙的人性。因此，粉碎象牙之塔，勇赴眞實的人生，實爲每一現代詩人不可或缺的認識。至於宗敎，固然也可能是詩藝術的一位摯友，但吾人亦不望其在詩中過度伸張。其實，若干現代詩中所涉及的「神」，未必顯示其狹義的宗敎意識，而係一種形而上的假託。頗近「人窮則呼天」之「天」，或「昊天罔極」之「昊天」，乃是本於人性人情而迸發之呼聲。同時，即使委屈於惡劣的環境，人的尊嚴仍須藉詩而閃出其光輝。藐視此犖犖大端，適足顯示詩人可憫的逃避心理。

我們對近年來許多詩作之不滿，其另一原因爲生命力的萎縮。若干年前，詩的技巧雖遠不如今，各作者卻能在其靈魂的結晶品中注入欣欣的生命力。但由於觀念之固定化，或文字之過份雕飾，晚近的若干詩作竟有背道而馳之感。有些作品只是美麗的標本，不少作者亦甘於自淪爲匠，遂丢失了以往的氣韻——那種生命的律動。而如曹陽那樣接受「現代」最多考驗的詩人，近年來與詩壇接觸殊少，卻反有極富東方生趣的近作推出，實値吾人注視及細思。目前我們切需陽光的洗禮，詩人們眞應該「開朗一些」（于還素語），不要再一味的鑽「現代」的牛角尖了。

今天該是一個轉捩點，願詩人們重整絃索，彈出一些鏗鏘的高音來——我們的心聲當永遠揚起在時代的前方。

八、「永恒」之再展現

我們不妨承認「永恆」已有其「新的定義」，然此當絕非「永恆」之狹隘化。「極度的完美與充實」是何其美麗的註腳！然它的主人——黃用——在最後的一束詩作中，卻根本地遠離了「永恆」。基於此，筆者想作一大膽的假設：某些現代詩人雖尚未直截地否定永恆，在其心目中實已對彼深啓懷疑。所謂「不着邊際的恆久與普遍」看似經不起科學的考驗，但此中可能的關鍵是：科學功效的極限爲何？愛因斯坦不能自宗教中釋出自己，正是最佳的例證。徹底的說，藝術的許多成份根本上就有「不着邊際」之嫌（至少世俗的觀點是如此的）。至美是無法求證的，故「永恆」之再肯定，再展開，乃是基於吾人對至美之信仰。虔誠的教徒可能永不識神面，詩的信徒亦可能窮終生之心力而終不能臻乎至美。但無神論必使若干凡人徬徨若失；「永恆」之如實化亦將減弱了詩的超進力。於此，我們更不惜提出新理想——非童話式、非浮雲式的理想；根植於現實的理想；亦卽兼瞻歷史與未來的理想。

現代的知識份子業已過份蒼白，健康的理想又何妨由詩人們點燃起來！

我們的結論爲：「現代」的一切皆須要求最廣義。二十世紀是太空時代，空間之遼闊乃前所未有者，然則在精神的領域中，又豈容背道而馳？此點非僅現代詩人們所應警悟，每一文化人都應有所了解。在現代詩的天地中，「感情的語言」，「主知主義」，廣義的「載道」，以及對現實之敏感及入乎其中的批判，皆可以並行不悖。只要詩的藝術保持其主人的尊嚴，任何有存在價值之嘉賓皆不必摒拒於千里之外。孤獨國式的作者及作品也許被視作「現代」的主流，焉知千百年後，不會成爲人性史上的一種典範？

可以預期的是，今後現代詩的發展，將有以下幾個方向：

㈠繼續受西方古典詩及現代詩的影響。

㈡汲取中國古典詩的長處——包括情操、韻味、節奏、句法等。

㈢接續現有現代詩的傳統，擴而大之。

㈣接受其他古典及現代藝術的薰沐，如繪畫、音樂、電影等。

㈤與其他文類互惠——如小說、戲劇、散文及文學批評。

㈥高瞻遠矚，融滙其他學術——如哲學、史學、心理學、人類學、生物學、地理學、政治學、經濟學及科技等，以成爲現代文化中的重鎮。

第二編　詩　史

前言

現代詩在中國文學史上是一項嶄新的產物。它的源頭，大約不外三端：一爲中國的古典詩詞，二爲民歌，三爲西洋的詩歌。其中又以後者的影響力最大。比較優秀的詩人，往往兼得三者或三者中二者的惠益。

五四時代的新詩，可說是白話文運動的嫡系，一般作者在胡適的領導下，均力求文字的明朗流暢，反而不在意境及內涵上著力，若干作者如劉大白，則仍深受舊詩詞影響，這一時期的作品，確可稱之爲「白話詩」。五四後期的新月派和創造社，詩人較多，作品也較出色。

三十年代以現代派和新月派的後起之秀爲重心，由西方引進象徵主義及現代主義，取代了前期的浪漫主義，因而有嶄新的收穫。部分作者採用文言入詩。四十年代爲三十年代的延續，但因抗戰之故，作者多偏重愛國情操的發抒，且求大衆化，藝術成就反遜於三十年代。部分作者更從事於所謂的「普羅文學」。

自由中國時期，前期仍沿襲三十年代、四十年代的傳統，詩的形式也比較刻板，但自民國四十五年現代詩派宣佈其「橫的移植」諸主張後，所謂現代詩便逐漸發皇，而成爲新詩壇的重鎭。中期作者尤多，各種不同形式、風格、題材的作品相繼推出，雲蒸霞蔚，盛極一時。作者對語言的試驗亦推陳出新，不遺餘力。現代、藍星、創世紀三詩社鼎足而立，相剋相生，推波助瀾。但若干作品不免由深邃而流於晦澀，且偶有怪誕之作。後期又有新的轉向：內容趨向民族化、鄉土化，表現趨向明朗化。新人輩出，中期的半數作者也仍繼續創作不懈，詩壇乃有一種新的氣象。而詩的句法也由冗長變爲短截，甚至略有與民歌接近的跡象。

1 五四時代

一、胡　適

胡適（一八九一—一九六二）是中國新詩之母，雖然他的作品是比較平淺的，大部分近乎小調或民歌，偶爾似詞曲，但是他開啓新風氣的功勞，則是任何文學史家所不能忽視的，「嘗試集」便是他這方面的成品。

「嘗試集」（一九二〇年二月）的自序中，曾引用他自己的古詩「嘗試篇」，茲摘錄其中最有代表性的四句話：

我生求師二十年，今得嘗試兩個字。作詩做事要如此，雖未得到頗有志。

可見他不但勇氣過人，而且頗有自知之明。

他的作品有時非常散文化，如「一念」：

我笑你繞太陽的地球，一日夜只打一個回旋；
我笑你繞地球的月亮，總不會永遠團圓；
……………
我若真個害刻骨的相思，便一分鐘繞遍地球三千萬轉！

至於像「湖上」、「鴿子」等詩，便顯然帶有一種小令的風味，而且毫不猶豫地參入較近文言的句法，如：「廻環來往，／夷猶如意。——」（「鴿子」），而且未經重新塑造。就純藝術的立場上看，胡詩的評價自不甚高。

二、劉　復

劉復（一八九一——一九三四）是一位語言學家，他的新詩除了受舊詩詞的影響外，也善於運用口語，並採擇新題材。他曾經在內地各省訪錄民謠，因此自己的作品也不免融入民謠的成份，「瓦釜集」便是他這方面的代表作。

「落葉」是一首八行的短詩，辭雖平淡，但結構相當完整：

秋風把樹葉吹落在地上，
它只能悉悉索索，
發幾陣悲涼的聲響。

它不久就要化作泥，
但它留得一刻，
還要發一刻的聲響，
雖然這已是無可奈何的聲響了，
雖然這已是它最後的聲響了。

餘如「一個小農家的暮」、「教我如何不想她」、「雨」等，亦堪稱代表作。「敲冰」一詩便太欠節制。

三、沈尹默

沈尹默先生（一八八二—一九六四）是國學大師，也是詩書兼擅的藝術家。他的新詩作品並不多，但卻有超水準的佳作，如「三絃」便是膾炙人口的一首：

中午時候火一樣的太陽沒法去遮攔，讓他直晒着長街上。靜悄悄少人行路，只有悠悠風來，吹動路旁楊樹。

誰家破大門裏，半院子綠茸茸的草，都浮着閃閃的金光。旁邊有一段低土牆，擋住了個彈三絃的人，卻不能隔斷那三絃鼓盪的聲浪。

門外坐着一個穿破衣裳的老人，雙手抱着頭，他不聲不響。

這首詩可以說是一幅寫實的畫面，也可以說是人生三種年齡、三種境界的象徵。好在並不道破，但又恍惚呼之欲出。

此外「人力車夫」也是他的代表作，胡適曾以爲他的新詩是由古樂府中蛻化而來的，當指後者一類的作品而言。

四、俞平伯與康白情

俞平伯（一九〇〇——）的詩往往蘊含哲理，亦受舊詞影響，有時晦澀些，但也有以抒情見長的作品，如「冬夜」（一九二二年）集中的「春水船」等，以及「憶」（一九二五年）集中的「憶」（共有三十多首）。「西還」（一九二四年）集中的作品比較拗澀，「四海」集中有不少首作於國外，如「到紐約後初次西寄」，便有些異鄉情調了。

康白情（一八九六——？）與俞氏齊名，他的詩集「草兒」（一九二三年）中的作品，一如書名所顯示的，比較淺露而不耐回味，然自有清新之感。如「窗外」：

站在沒遮闌的船樓邊上。
看着涼月麗空，
才顯出淡妝的世界。
我想世界上，只有光，

此外如「婦人」、「江南」等均爲佳作。

五、冰　心

冰心（一九〇〇——）原名謝婉瑩，是五四時代著名的女作家，兼寫詩與散文，偶有短篇小說，亦近於小品文。她的小詩受了印度詩人泰戈爾的影響，又加上她獨有的嫻雅優婉的性情，頗受當時讀者歡迎：如「春水」（一九二三年）中的一首，堪稱代表作：

……………
向你揮手了，
緩緩流到人間去吧！
我要坐在泉源邊，
靜聽回響。

他如「相思」的後一段，以及「春水」中的其他若干片段，也是佳作。她的作品最大的缺點在於纖細與太露。

六、宗白華

宗白華是一位哲學家詩人，對唐人絕句的境界有高度的領悟，尤其王孟一派的閑淡冲和，更得宗氏之心。又加接受了西方詩人如歌德等的影響，很能有所獨創。代表作如「斷句」：

心中的宇宙，
明月鏡中的山河影。

「信仰」則是一首介乎惠特曼與泰戈爾之間的詩，每句的句法都短而明快。他的一般長處是清冷自然。

七、朱自清

朱自清（一八九八—一九四八）是五四的散文名家，也出版了一本詩集「踪跡」，並且曾在民國十一年（一九二二年）十二月寫了一首長詩「毀滅」（也收入「踪跡」中），不但內容的幅度大爲拓展，更注意到節奏的變化和效果。他的短詩，有近於日本俳句者：

「聞着梅花香麽？」——
徜徉在山光水色中的我們，
陡然都默契着了。（「香」）

甚至可說已透顯一些禪境了。

不過他往往擺脫不了自己散文的格局，如「別後」便分明是一首「散文的分行」。同時他把「匆匆」一文當作散文詩選收在自己所編選的「中國新文藝大系詩歌一集」中，更不免使人領會到他對詩的一般感受並不如何高明了。

八、劉大白

劉大白（一八八〇—一九三二）是五四詩人中最受舊詩詞影響的一人，尤其是詞和散曲的味道，更是處處可見，同時他也是一位介乎自由詩與格律詩之間的作者。譬如「愛」：全詩七段，共二十七行，每二行押一韻，只有孤零的第二十五行例外，而且前六段的前二行都押「一」韻。但「淚痕」、「斜陽」、「秋之淚」等短詩，反而都不押韻。他的代表作如「秋晚的江上」：

歸巢的鳥兒，
儘管是倦了，
還馱着斜陽回去。

雙翅一翻，
把斜陽掉在江上，
頭白的蘆葦，
也妝成一瞬的紅顏了。

意象鮮明可喜。惜此類佳作在他「丁寧」、「再造」、「郵吻」諸集中並不多見。他的短處是境熟句熟。

九、朱　湘

朱湘（一九〇四—一九三三）是一位學有專長的格律詩人，對文學的韻律非常講究，由詩集「夏天」而「草莽集」，其格律詩益趨成熟。他不但注意押韻，還刻意講求每行文字的數目和排列。譬如「答夢」一詩，共分四段，二十四行。每段前四行均爲九字，後二行均爲八字，標點也完全保留。但是每段後二行卻一概不頂格排印，而各低一格，因此每行末字都排得整整齊齊，標點亦然。這也可以算是詩人的一種匠心吧。又如「熱情」一詩，每行句尾雖有一字的參差，但實際的字數卻各爲十字，不過有的一行容納一個標點，有的則容納兩個而已。

朱湘的西洋文學造詣頗深，故詩中的想像及造型頗受西洋詩的影響。不過他的缺點還是時或太露。如「熱情」的第六段：

我們把九個太陽都掛起，
一個正中，八個照亮八方，
我們要世間不再有寒冷，
我們要一切的黑暗重光。

末二行便語無剩意。有時愛用童話中的寫法：如「燕哥」、「柳姊」、「地母」(見「小河」一詩)，多用則膩人。時有新奇的比喻：「輕舟是桃色的游雲，／舟子是披簑的小魚」(「小河」第三段)，在當時已堪稱難得。可惜他英年早逝，否則成就一定更大。

十、聞一多

聞一多(一八九九—一九四六)原名家驊，也是一位學者，著有「死水」(一九二八年)、「紅燭」(一九二三年)等詩集。他一方面善於運用北方的口語作詩，一方面也特別注意到韻律的經營，並喜引用歌德寫詩用韻如戴着鐐銬舞蹈的巧喻。朱湘的詩以俊逸見長，聞一多的詩卻有一股豪邁之氣。他和徐志摩同爲新月派的大將，徐氏也很敬重他。他的代表作如「劍匣」：

在生命底大激戰中，
我曾是一名蓋世的驍將。
我走到四面楚歌底末路時，
並不同項羽那般頑固，
定要投身於命運底羅網。
但我有這絕島作了堡壘，
可以永遠駐紮我的退敗的心兵。

……

二段以後又以農夫、漁夫、樵夫、工匠、雕匠等自喻，堪稱意象繁富。可惜全詩失於散漫，不夠凝鍊。「紅豆篇」包括四十二首短詩，由各個角度寫相思，妙喻屢見，令人擊節。朱自清在民國十八年（一九二九年）編選「中國文藝大系詩歌二集」時，收了他的作品十九首之多，僅次於徐志摩的二十六首，足見其受時人重視的一般。

十一、郭沫若

郭沫若（一八九二—一九七八）是創造社前期的代表作者，他的詩大部分流於說白式的告示，欠缺深度，雖偶有形式之美，詩情詩意均嫌不足；主張自我表露，「女神」、「星空」二詩集中的作品，都能表現奔騰的力量和氣勢，開創了中國的「自由詩」。沈從文批評他的詩「空虛」、「空洞」；只注重主觀的狂熱的發洩，結構單調，不知變化。早期頗受浪漫主義影響，後來更因太濃的政治色彩而格外淺露乏味。

十二、徐志摩

徐志摩（一八九六—一九三一）是五四時代最有名的詩人，也是那時代最有成就的一位新詩人。他的詩也以格律詩爲主——是深受西洋浪漫主義感染的格律詩，如十四行等。儘管有不少人認爲徐氏的散文比他的詩更出色，我們仍不能忽視他的詩作的時代意義和實際成就。

徐志摩是英、美留學生，對英國浪漫主義詩人的作品浸沐頗深，有心從事一種新詩體的創造。他在民國十四年發表了一本「志摩的詩」，內含多種體制：有散文詩、無韻體詩、駢句韻體、奇偶韻體、章韻體。即使寫所謂「方塊詩」的作品，也能夠在嚴格的規律限制中運用自如。

他的詩中辭藻豐富，能把中西文字融化在一個洪爐裏，鍛鍊成一種特殊而又曲折的工具；不過時而不免堆砌過甚，「濃得化不開」，使讀者爲之膩舌。有人甚至稱他爲「唯美派」或「新文學中的六朝體」。

但他的詩中仍能表現雄厚渾成的氣勢，這是同代詩人如郭沫若等所不及（郭氏詩雄而不厚）。尤其散文詩如「白旗」、「毒藥」、「嬰兒」等，更見力量。

志摩在創作時尤注意音節的變化。喜多用實字、疊韻字和仄聲字，而表現抑揚纏綿的風趣；但他平民化的作品則能避免以上的偏頗，音節悅耳。他確能兼得歡愉明快、淒婉悲涼的音調。至如「滬杭車中」的第一段連用「一……」的三字短句，再配以四字短句，所造成的快速旋律，眞有身歷風馳電掣的快車中的感覺：

一捲煙，一片山，幾點雲影，
一道水，一條橋，一支櫓聲，
一林松，一叢竹，紅葉紛紛；

而意象也頗勻稱。又如「沙揚娜拉」一首：

最是那一低頭的温柔，
像一朶水蓮花不勝涼風的嬌羞，
道一聲珍重，道一聲珍重，
那一聲珍重裏有甜蜜的憂愁——
「沙揚娜拉！」

其節奏更受日本俳句和泰戈爾詩的影響，也多少帶點詞中小令的風味。又如「殘詩」的首四行裏即包涵了多種不同的句法，因而也創塑成活潑的節奏。而且徐氏已注意到節奏與內容題材的密切配合。尤其到了「翡冷翠的一夜」、「猛虎集」中，技巧更爲進步。

徐志摩死於民國二十年（一九三一年），才活了三十六歲，他一生追求美和眞，正好成爲本期的壓軸詩人。

本期其他詩人尚有劉延陵、周樹人、周作人、汪靜之、王統照、陳夢家、于賡虞等。

2 三十年代與四十年代

由民國二十一年（一九三二年）伊始，至民國三十七年（一九四八年）止，合稱爲三十年代與四十年代，正好是抗戰及其前後數年。這一時期格律詩固然仍有其勢力，自由詩和象徵詩卻無疑是它的重心，就內容來說，則抒情詩、社會寫實詩和愛國詩各有其擅場。

一、戴望舒

戴望舒（一九〇五—一九五〇）在前一時期卽已有相當表現，但卻無疑是本期詩人中的重鎭之一。

象徵主義者所標榜的朦朧感、神秘色彩、音樂性及多用象徵，在戴望舒的手裏可說實踐了一半，他重視色彩和音節之美，但並不像李金髮那樣流於澀拗彆扭。

「雨巷」是他公認的代表作，茲錄其前兩段：

撐着油紙傘，獨自

徬徨在悠長，悠長
又寂寥的雨巷，
我希望逢着
一個丁香一樣地
結着怨愁的姑娘。

她是有
丁香一樣的顏色，
丁香一樣的芬芳，
丁香一樣的憂愁，
在雨中哀怨，
哀怨又徬徨；

此詩中所用的意象如「丁香一樣地結着怨愁」，「太息一般的眼光」等，均與前一期的詩人所用的不太一樣，其思巧，其所表現的感官交錯也比較特殊。而句段的安排技巧，也略有不同，如「她是有」三字卽排成一行，而實際的意義尚未完足。這當然也是受了西洋詩的影響。

「山行」首二行也以巧喻構成奇特的情緒感染的效果：

見了你朝霞的顏色，
便感到我落月的沉哀。

有時他也喜作「十四行」，而與前一期的作者認同。

二、李金髮

李金髮（一九〇一－一九七六）曾留學法國，原名金發，是中國象徵主義詩人中較年長的一位（生於民國前十一年，即一九〇一年，比戴望舒長四歲，）兼長雕刻，他一開始就寫象徵派的詩。「微雨」一集在民國十一年即已出版，正是徐志摩他們大寫西洋格律詩的時候。

李金髮比起戴望舒來，可說是更徹底的象徵主義者，不過他的詩雖然神秘、幽暗、拗澀，且善用巧喻怪喻，卻缺乏法國象徵主義的前輩們所重視的音樂性。晚年頗悔少作，明白見於文字（「飄零隨筆」），大概也是因爲它們做作的成份太大吧。像「黑夜與蚊蟲聯步徐來」（「棄婦」）以及

我們散步在死草上，
悲憤糾纏在膝下，
粉紅之記憶，
如道旁朽獸，發出奇臭，

……………

噫吁！數千年如一日之月色
終久明白我的想像。（夜之歌）

是頗富代表性的片段。至於「月兒似鈎心鬥角的遍照」（「里昂車中」）、「（憐憫）搖曳地向我微笑──越顯其多疑之黑髮。」（「希望與憐憫」）諸句，則頗有霸王硬上弓的意味。

三、王獨清

王獨清（一八九八──一九四〇）是創造社的詩人之一，但屬自動加入，後來更深受排擠。創造社中人大都是留日的，王氏卻留學歐洲，深受若干西方詩人的薰染。

他的作品氣勢很壯盛，「弔羅馬」尤其氣象滂礡，似受英國詩人拜侖「哀希臘」的影響：「……愁人的雨喲，你是給我洗塵，還是助我弔這荒涼的古城？」「我眞想把我哭昏，拚我這一生來給你招魂……」最後竟高呼「這長安一樣的舊都呀，／這長安一樣的舊都呀。」

「但丁墓旁」合陽剛、陰柔之情爲一：

那光陰是一朶迷人的香花
被我用來獻給了你這美頰；
那光陰是一杯醉人的甘醇，

被我用來供給了你這愛唇……

他的缺憾是情感一瀉千里，語無餘蘊；文字也欠缺必要的剪裁。其異國的情調則少於李金髮。

四、穆木天與馮乃超

穆木天（一九〇九——）是另一位創造社後期的詩人。

他的詩主要是學法國詩人拉福格（Laforgue）的，不僅在聲調方面異常講究，朦朧幽美，內容方面也一如拉氏，頹廢、憂鬱的情緒洋溢於字裏行間。

他主張新詩在形式上要注重統一性、持續性以及音樂性；要作「純詩」（Pure Poetry），富於暗示性及感染力，切忌直陳；換言之，多用比與而少用賦。這和他的同派王獨清可謂大相逕庭。他更進而主張廢去詩中的標點，以增益朦朧感。「我願」是他的代表作：

我願奔着遠遠的點點的星散的蜿蜒的燈光
獨獨的　寂寞的慢走在海濱的灰白的道上
我願飽嘗着淡淡消散的一口一口的芳鮮的稻香
我願靜靜的聽着刷在金沙的岸上一聲一聲的輕輕的打浪
……………
我願寂對着那裏古樹底下枯葉掩着的千年的石像

我願凝視着掩住了柴扉的茶屋前的虛設的空床
我願笑對着微動的泊舟吐不出煙絲不能歌唱……

他喜塑新詞以換舊，如以「獨獨」代「孤獨」，以「寂對」代「默對」，而且句子很長。不過他也有全首以短句片語構成的詩篇，如「蒼白的鐘聲」。

馮乃超也是創造社後期的詩人，而且提倡所謂「革命文學」頗力；但他卻創作象徵詩，詩集「紅紗燈」（一九二八年）便是堆砌、朦朧、色彩美、頹廢、夢幻的結合。

「酒歌」頗具代表性，以「青色的酒」、「青色的愁」爲主旋律，反覆吟唱；但不免有軟弱的敗筆。不用標點的作法也呼應了穆木天，他的一般評價低於穆氏。

五、孫大雨

孫大雨（一九〇四——？）是新月社的後起之秀，民國二十二年（一九三三年）出版了他的第一本詩集「寶馬」，其中的重鎭便是那首出色的史詩「寶馬」，氣魄十足；其後又有「海盜船」、「夢鄉曲」二集。

他的作品中也富有怪異的想像，如：

我怕世界就要吐出他最後
一口氣息，無怪老天要破舊，

唉！白雲收盡了向來的燦爛，
太陽暗得像死屍的白眼一般，
肥圓的山嶺變幻得像一列焦瘤，……（「訣絕」）

另有「自己的寫照」三百多行，是一首未完成的長詩，氣足藝高，雄視一代。

六、卞之琳

卞之琳（一九一〇——）也是新月派後起詩人，頗有徐志摩風，著有「三秋草」（一九三三年）、「數行集」（一九三六年）、「魚目集」（一九三五年），工於在平淡中出奇思，但也有難解的作品。有時一字便佔一行，似乎已開七十年代詩壇的新風氣：如「我還想得起／你從前／說是／「白金龍」／淡／而有味。」（「朋友與煙捲」）

「一個和尚」堪稱他的代表作之一：

昏沉沉的，夢話沸湧出了嘴，
他的頭兒又和木魚兒應對，
　頭兒木魚兒一樣空一樣重；
一聲一聲的，催眠了山和水，
山水在暮靄裏懶洋洋的睡，

他又算撞過了白天的喪鐘。

這第二段（卽末段）尤其渾成。全詩是一首十四行體。「牆頭草」、「火車」是他短詩中的佳作。他善用象徵，如「無題一」、「無題四」以水喻愛。他的缺點是有時仍不免爲形式所局限。但像「古代人的感情像流水／積下了層疊的悲哀。」（「水成岩」）這樣的警句，已足使他鶴立鷄羣。

七、何其芳

何其芳（一九一二—一九七七）和卞之琳同是後期新月派的詩人，但他們的詩，卻接近戴望舒等的現代派，而且有所超越。他們都能努力融滙中國古典詩和西洋現代詩的技巧。何其芳在「夢中道路」中說：「這時我讀着晚唐五代時期的那些精緻冶豔的詩詞，蠱惑於那種憔悴的紅顏上的嫵媚，又在幾首班納斯派以後的法蘭西詩人的篇什中，找到了一種同樣的迷醉。『燕泥集』中的第一輯，便是這期內制作的殘留。」他在自己的詩裏用口語去表現那些顏色和圖案，於是他的作品也都達到「精緻」的地步。試看：

那歌聲將火光樣沉鬱又高揚，
火光樣將落葉的一生訴說。（「預言」）

草野在蟋蟀聲中更寥濶了，

溪水因枯涸見石更清瀏了，
秋天夢寐在牧羊女的眼裏。（「秋天」）
……………
無人記憶的朝露最有光
……………
沒有照過影子的小溪最清亮。（「花環」）

在他人門外驚起犬吠
又自己啞下去。（「失眠夜」）

都是耐人尋味的句段。有時更能化豪放爲沉穩，如：「說長城像一大隊奔馬／正當舉頸怒號時變成石頭了。」（「古城」）而且也可以由此窺見他寫實的一面。

八、李廣田

李廣田（一九〇六——）以文學批評家與散文家著稱，但也寫詩，而且他的「行雲集」的一部分曾與卞、何的詩合編成「漢園集」（一九三六年）；他的詩在三人中最富自然之趣，不雕琢，不華飾，諸如：

案頭梅花，
開得像一簇朝霧，
寂然的，生機一室。（「訪」）

灰白的，淡黃的秋夜的燈，
是誰的和平的笑臉呢？（「秋燈」）

「嗩吶」等詩，可屬之於社會寫實詩；「土耳其」則已邁向敍事詩的坦途了。

九、臧克家

臧克家（一九〇八——）是聞一多的學生，也是一位格律派詩人。他的詩植根於生活，而非遊戲文字。聞一多把他比作孟郊，並以此期許他成爲一個偉大的詩人。

他的「烙印」出版於民國二十三年（一九三四年），「運河」則出版於兩年後，只收了二十四首詩，自序中說這些作品是「勇敢的去碰現實」。

他的詩質樸者居多，頗有泥土味，譬如「老馬」，可謂雄渾有力：

總得叫火車裝個夠，
牠橫豎不說一句話；

背上的壓力往肉裏扣，
牠把頭沉重的垂下！……

抗日戰爭爆發後，他和卞之琳、何其芳、曹葆華等都改變作風，大寫愛國、關懷民生的作品，「四十自壽」一詩中說：「四十歲，另換一雙眼／重新去看。」「像魚游泳在水裏，／我必須變成羣衆裏面的一個。」正是最好的自我表白。後來他寫了不少朗誦詩。

十、馮至

馮至（一九〇五——），本名承植。深受德國現代詩人里爾克（R. M. Rilke）的影響，著有「昨日之歌」、「十四行集」，是最佳的哲理詩人，理念與藝術合一：

我們的生命在這一瞬間，
髣髴在一次擁抱裏，
過去的悲歡忽然在眼前，
凝結成屹然不動的形體。
……………
我們整個的生命在承受
狂風乍起，彗星的出現。

此外像韓北屏的長詩「保衛武漢」，曾風行一時，文字精鍊，風格明快。呂亮耕的「長江集」及「金筑集」，均富戰鬥意識。

本期其他詩人尚有鍾敬文、艾青、蒲風、田間、邵洵美、廢名、楊騷、綠原、辛笛、吳興華、梁宗岱等。其中艾青詩之佳者頗有氣韻。廢名詩作雖少，卻都雋永耐人尋味，且有禪趣。綠原、辛笛的詩新穎鮮活，對下一期的楊喚、瘂弦等均有相當大的影響。

3 自由中國時期

——前期——

由民國三十八年（一九四九年）政府遷臺伊始，至民國四十七年（一九五八年），大約十年。這十年裏，主要的詩人是由大陸來臺的三位「元老詩人」——紀弦、覃子豪、鍾鼎文，以及若干抗戰前出生的年輕詩人。一般詩的風格則由格律詩、自由詩齊頭並進演化到現代詩的初興，現代詩、藍星、創世紀三大詩社的鼎立之勢也已形成。

一、紀　弦

紀弦（一九一三——）本名路逾，另有筆名青空律、路易士。他在大陸時期已經成名，作品頗多，大都爲抒情小品，來臺以後，先與覃子豪等創辦「詩誌」、「新詩週刊」，嗣後又於民國四十二年（一九五三年）創立「現代詩社」，出刊「現代詩」，發表宣言，脫離傳統，力倡「橫的移植」，並主張詩與歌截然分開，遂展開現代詩運動，影響頗大。

他自己的詩曾經經歷過浪漫主義時期，例如「窮人的女兒」：

窮人的女兒坐在垃圾堆上，
用她的天藍的眼睛凝視着街的遠處。
她是那麼莊嚴，那麼高貴，那麼美，……

但是成爲現代詩社領袖之後，他在形式和內容兩方面都有意改弦更張，如「存在主義」：

圖案似的
標本似的
　一蜥蜴
夜夜，預約了一般地
出現，預約了一般地
當我為了明天的麵包以及
　昨日的債務而又在辛勞地
　　辛勞地工作着時

這首詩長三十九行，此地僅錄首三段，已可看出其句法、排列方式與前期作品的殊異。這種創新的形式到了「跟你們一樣」中，更變本加厲，詩句中包括了「A＝X＋Y＋Z而又不等於A」「2＝3」等符號。不過他倒也並沒有完全摒棄他天賦的抒情才具，只是出諸較冷靜的筆調罷了，如「火葬」：

如一張寫滿了的信箋
躺在一隻牛皮紙的信封裏，
人們把他釘入一具薄皮棺材；
復如一封信的投入郵筒，
人們把他塞進火葬場的爐門。

二、覃子豪

覃子豪（一九一二—一九六三）在大陸時期主要在福建編副刊，寫詩也寫評論，來臺後除與紀弦短期合作外，即在四十三年（一九五四年）三月與余光中、鍾鼎文、夏菁、鄧禹平、辛魚等組成藍星詩社，並出版「藍星詩刊」，對詩壇亦有頗大的影響力。藍星詩社的趨向是比較中庸的，也沒有固定的口號或信條，大致主張各人自由創作，和而不同。

覃氏自己的作品，大致可歸入陽剛派。尤其他在最後一本詩集「畫廊」（一九六二年）中所表現的成熟風格，足以使他在詩史上留下不朽的一席。

早期的作品中，最出色的當推「追求」一詩：

大海中的落日
悲壯的像英雄的感嘆
一顆星追過去
向遙遠的天邊

黑夜的海風
括起了黃沙
在蒼茫的夜裏
一個健偉的靈魂
跨上了時間的快馬

這首詩含蓄而不虛玄，寫實而不盡落實，殊耐人尋味。他的另一些作品如「海洋詩鈔」、「詩的播種者」等，氣魄雖不弱，往往有語盡意盡之憾。間作抒情小品，也有不免流於巴納斯派的板滯，如「吻」、「燈」等。

晚年作品更上層樓，如「瓶之存在」可謂一氣勢磅礴的哲理詩，缺點是稍嫌抽象，詩味乃大受損抑，「吹簫者」乃是他的一大傑作：

吹簫者木立
踩自己從不呻吟的影子於水門汀上
像一顆釘，把自己釘牢於十字架上
以七蛇吞噬要吞噬他靈魂的慾望
且欲飲盡酒肆欲埋葬他的喧嘩

像這一段不止是一幅壁畫，更是一幕戲劇的濃縮示現。

三、鍾鼎文

鍾鼎文（一九一四——）的作品以中篇的敍事詩爲最引人注目，也有一些介乎抒情與敍事詩之間的佳作，例如「仰泳者」便是其中的代表：

太空浩瀚無垠，是閃爍而陰森的星海；
我們的世界是這海裏的仰泳者，
身體浸沒，浮在海面上僅有的頭。
它的頭角崢嶸，面骨嶙峋，容顏憔悴……

兩頰一明一暗，
是亞美利加與阿非利加……

氣勢頗爲不凡。偶作小品，亦有成績，如「人體素描」。

四、方　思

方思（一九二五——）是現代詩社的大將之一，本名黃時樞，出版的詩集有「時間」（一九五三年）、「夜」（一九五五年）、「豎琴與長笛」（一九五八年），後者爲一實驗性的敍事長詩，但抒情意味頗濃郁。

方思是里爾克詩的迻譯者（譯有「時間之書」），他自己的詩風也頗受里氏感染。詩句往往凝鍊厚實，咀嚼至三，乃得眞味。有時也傾向在詩中蘊涵人生哲理。「聲音」是他的重要代表作之一：

夜漸漸地冷了，我猶對燈獨坐
冬夜讀書，忍對一天地間的黑暗
僅僅隔一層窗，薄薄的紙
我猶挑燈夜讀，忍受一身寒意
每一個字是概念，每一句子是命運
是力量，是行動，是一個生生不息的

宇宙
　有熱，有光
在沉寂如死的夜心，我聽到一個聲音
呼喚我的名字：我欲
　推窗而出

此詩已將他的優點包涵泰半。餘如「黑色」、「夜歌」、「夜」等，均屬佳構。

五、楊　喚

楊喚（一九三〇—一九五四）是一位早夭的軍中詩人，死於民國四十三年的火車車禍中，享年僅二十四歲，但卻留下了很可觀的成績。

大致說來，楊喚是擅長抒情的，但他有自己的節奏，也善於選用新鮮的意象和比喻，如「我是忙碌的」一詩中以「一册詩集」喻死後的我，又以「詩集的封皮」喻「覆蓋着我的大地」。「詩的噴泉」是一組四行詩，每首分爲兩段，而且多半用典——他用的典，幾乎全是來自西洋文學作品中的，而且大都爲現代作品；他企圖表現現代人生命與生活的感受和感慨，也完足的達成了目的。玆錄「黃昏」一首爲抽樣：

壁上的米勒的晚鐘被我的沉默敲響了，

騎驢到耶路撒冷去的聖者還沒有回來。
不要理會那盞燈的狡猾的眼色，
請告訴我：是誰燃起第一根火柴？

六、蓉　子

蓉子（一九二八——）本名王蓉芷，是一位資深的女詩人，爲藍星詩社一員。她的作品可說是現代化的閨秀詩，理由之一是她本人也是一位職業婦女：

我的粧鏡是一隻弓背的貓，
不住地變換它底眼瞳，
致令我的形象變異如水流……

這首「我的粧鏡是一隻弓背的貓」可說是極能代表蓉子風格的一首；此外如「七月的南方」也可看出她鋪寫的才能，甚至氣勢也不弱。但詩中常用抽象名詞是一病。

七、林　泠

林泠（一九三五——）本名胡雲裳，也是一位女詩人，屬於現代詩社。
林泠的詩比蓉子的更清泠，和男詩人中鄭愁予的早期作品非常近似，但顯得更自然些：

曾經如此對它寄予希望
走在那陰影下
我只是一個人
這回，我第二次來
第二次，不再夢想遼濶了
我背着手，從這一頭踱到那頭
我在想——
這麽細的繩索，能拴住一個城市麽？（「女牆」）

何等行雲流水的文字！然而卻絲毫不落窠臼。而且長短字句的參差安排也頗富匠心，造成一種流利而不空泛的節奏。

此外如「菩提樹」、「未竟之渡」、「微悟」等，在在表現了一位現代少女細如髮絲卻又濶如春風的心聲。她出國後久未從事創作，近兩年又恢復寫詩，並出版「林泠詩集」。

八、白　萩

白萩（一九三七——）本名何錦榮，是現代詩社最年輕的詩人之一，後期與詩友們組成笠詩社，但他最膾炙人口的作品，仍數早期的「瀑布」、「囚鷹」及中期的「流浪者」等：

曾以握有閃電的雄心
想力劈封閉的未來
曾以橫跨宇寰的腿力
想邁過斷落的世紀（「瀑布」）

可謂豪情千鈞，後來創作圖畫詩「蛾之死」、「流浪者」等，也引人注目。近年的詩似有些近乎方思，且作超現實的表現。

本期中的余光中、夏菁、瘂弦、洛夫等，因爲在下一期有更長足的發展，故暫不論列。

本期其他詩人尚有李莎、黃荷生、薛柏谷、林亨泰、吹黑明、奎旻、沈思、秀陶、吳瀛濤等。

—中　期—

本期由民國四十八年（一九五九年）起，到五十九年（一九七〇年）止，共約十二年，是自由中國現代詩的全盛時期，作家輩出，作品亦多，大致是以深沉新穎爲特色，或不免晦澀，甚者少數流於怪誕。

一、余光中

余光中（一九二八——）是藍星詩社的重要份子。他從大學時代（民國四十年左右）即熱心寫詩，出版「舟子的悲歌」（一九五二年）、「藍色的羽毛」（一九五四年）二詩集，此一時期深受英國浪漫派詩人雪萊、柯立基、濟慈、拜侖等的影響，一般說來，都是氣盛而境未深的格律詩，有時更作豆腐乾體，代表作有「飲一八四二年葡萄酒」、「女高音」等。

民國四十六年始，余氏的詩風大有轉變，尤其次年赴美就讀愛奧華大學期間，以及獲藝術碩士歸來後，詩境更大事拓展，漸入現代詩的領域，不但風格呈現多面化，而且陽剛之風益顯。「西螺大橋」、「悲哉我之冰河期」等是他第二期的代表作，讀之鏗然有聲，節奏變化亦漸繁富。

嗣後則傾向表現民族風格，一則是對民族的祖先的懷念及對國家命運的關懷，一則是融入古典詩詞的辭采及句法。「森林之死」猶是擴充前期規模，「蓮的聯想」便是富有宋詞色澤的抒情手卷了。

接着他又關心時代——戰爭、動亂、中國與西方，甚至性和人性。「雙人床」、「或者所謂春天」便是富於代表性的作品。由「或」詩伊始，他的詩參入了更多口語的節奏。

「敲打樂」已近乎長詩，「天狼星」則更是獨立的史詩了。它曾一再修改，足見作者份外重視之情。

近年來余氏又從事平易如民歌的試驗，甚至為民歌手作歌詞。「九廣鐵路」可算是他多期風格的一個綜合：

你問我香港的滋味是什麼滋味
握着你一方小郵簡，我淒然笑了
香港是一種鏗然的節奏，吾友
用一千隻鐵輪在鐵軌上彈奏
向邊境，自邊境，日起到日落
北上南下反反覆覆奏不盡的邊愁
剪不斷輾不絕一根無奈的臍帶
伸向北方的茫茫蒼蒼……

他是一位不斷創進的詩人。

二、夏菁

夏菁（一九二五——）也是藍星詩社的發起人之一，他的詩清朗冷靜，有佛洛斯特風，也頗受美國女詩人狄瑾蓀的影響。

早期作品中，「噴水池」是其代表作：

那不盡的蕭瑟給人以忘我的靜，
驟升驟降是一連串透明的固定。

「芭蕾舞」也是宜人傳誦的佳構，後來的「石柱」、「池邊塑像」、「頸邊」等，也各具風致。夏菁的作品以韻律詩爲主，殊少作新銳的嘗試，風格最爲穩定。

三、吳望堯

吳望堯（一九三二——）亦爲「藍星」健將，作品除早期的「靈魂之歌」等略有唯美色彩外，多屬陽剛派的作品，其代表作如「落日」、「伐木者」。玆舉「伐木者」第二段爲例：

風傳來這巨木倔強的冷笑
我還以更猛烈地砍劈；向它最後的年代
使它的驕傲化為顫抖，上身如酒醉之幌搖
何時它發出「嘩！」然一聲，像十八世紀的傾圮
巨柱塌折了！綠色的樹頂是一個天國的崩潰
夾着萬千的雲葉，在大氣流中奔命而去
呵！我仰天而狂笑，我豈真是天國毀滅者？

又喜作科學詩，藉以發揮他宇宙人生的狂想。

四、黃用

黃用（一九三六——）與吳望堯是好友，但詩風恰呈一大對比：黃用古典而冷靜，吳望堯現代而復浪漫。黃用早期的「世界」、「靜夜」等，均是惹人喜愛的小品：

哎，世界有時卻也小得真可愛。
傍晚時，我見他流浪人一樣地
以纖小之姿在窗下仰立着，
——為了聽我唱一闋搖籃歌。（「世界」第二段）

後來試作現代題材的作品，便不免成敗參半，如「一舞」的末段固然出色，全詩結構也很完整，且能表現言外之意，但「少女是戀愛的機械」云云（「機械與神」）便不免有過於突出「現代感」之嫌了。

五、阮　囊

阮囊（一九二八——）原名阮慶濂，是一位獨來獨往的詩人，曾經歷過多種不同的職業生活，但他的作品多發表於「藍星」刊物上。

他也是一位陽剛的詩人。但有時能作必要的收斂，乃得沉鬱之致。

「最後一班車」是他的代表作：

走就是走，以駕馭古戰車的快捷跳上最後一班車，
如太陽之會不到衆星的光輝，在我走進車廂前所有的星座都隱沒了。
……………

他成功地展現了沒落貴族與遊俠的雙重風采。「彌撒」是一首不算長的中華民族史詩，屬於上一代（五十歲以上）的有心中國人！他在這一時期很像西晉末的劉琨。

近年來詩風轉變，句法變得簡短明快，如「未知梟豹」的結句：「……誰說風馳獵獵／對岸是一手壞牌」，而內涵反有些禪味或神秘色彩了。

六、周夢蝶

周夢蝶（一九二〇——）是「藍星」的苦吟詩人。他的詩清麗、苦澀兼而有之，有時超逸人寰，有時纏綿悱惻。

「虛空的擁抱」似是脫胎於顧福生的一幅現代畫，但首二句正好點明了周氏的風格：

擁抱這飄忽——黑色的雪
不可捉摹的冷肅和美

「囚」、「六月」、「菩提樹下」、「孤峯頂上」均係他的代表作：孤寒而復溫暖，寂寞而復親切。

沒有驚怖，也沒有顛倒
一番花謝又是一番花開
想六十年後你自孤峯頂上坐起
看峯之下，之上之前之左右
簇擁着一片燈海——每盞燈裏有你。（「孤峯頂上」）

禪境哲思，盡在此中。偶作入世之音，反覺隔了一層。

近作稍現平淡，亦可謂詩壇大勢所趨，但仍未褪去他一貫的雋逸和清靈——清靈中復似有千山萬水。如「秋興之二」卽一例。

七、瘂　弦

瘂弦（一九三二——）是「創世紀」的創辦人之一，另兩位是洛夫和張默。創世紀詩社也成立於四十三年（一九五四年），比「藍星」晚幾個月，初爲軍中詩人所聚成，但日益擴大，且詩刊始終不停發行，現爲成員最多的大詩社。一般風格比較新銳，部分社員曾提倡超現實主義。

瘂弦的本行是戲劇，因此詩中也表現了相當濃厚的戲劇氣氛。此外他的詩有三大特色：

㈠善用口語，描摹各種中下層社會人物的聲口，可謂維妙維肖。

㈡部分詩作以異國或異地爲題材，充分表現了異國情調，其中有幾首堪稱佳構，如「印度」、

「倫敦」、「巴黎」等。「印度」一詩，尤其感人；其他如「巴黎」等，更寄寓了對現代文明的批判。

㈢後期作品對現代社會更作正面的諷貶與抗議，其中「深淵」（後取作詩集名）是代表作：

哈里路亞！我們活着。走路、咳嗽、辯論，
厚着臉皮佔地球的一部份。
沒有什麼現在正在死去，
今天的雲抄襲昨天的雲。

後二行寓沈痛於輕描淡寫中，尤稱警句。結尾也非常含蓄，得一唱三歎之致：

在剛果河邊一輛雪橇停在那裏，
沒有人知道它為何滑得那樣遠，
沒人知道的一輛雪橇停在那裏。

可惜瘂弦已十多年未寫新作。

八、洛　夫

洛夫（一九二八——）是一位集陽剛、現代感、超現實主義於一身的詩人，而且創作的衝勁始終不懈。

早期的「靈河」（一九五七年）集中，洛夫也寫過一些比較輕俏的作品，但自「石室之死亡」（一九六五年）之後，他便以其沈厚復銳利的才力奔馳於詩壇。

我的面容展開如一株樹，樹在火中成長
一切靜止，唯眸子在眼瞼後面移動
移向許多人都怕談及的方向
而我確是那株被鋸斷的苦梨
在年輪上，你仍可聽清楚風聲、蟬聲（「石室之死亡」第一首後段）

這是膾炙人口的一段，充分表現了洛夫運用弔詭技巧的能力，以及他豐富的感受力，因而造成一種內外一貫的張力。不過「石室之死亡」中也難免有拘限於形式而過分晦澀的實例。

「我的獸」是現代作家探索潛意識的一大詩例，近年來的「隨雨聲入山不見雨」等，則以嶄新的方式表現風景詩或田園詩，各有其特殊成就。

洛夫的近作頗能以平淡蘊奇思，可謂更進一境。

九、鄭愁予

鄭愁予（一九三二——）是抒情詩人中的佼佼者，也是現代詩社的一員大將。

他的抒情詩不止是甜，而且多半琅琅上口，富於旋律美。「我達達的馬蹄是美麗的錯誤／我不是歸人，是個過客」（「錯誤」），「滑落過長空的下坡，我是熄了燈的流星／正乘夜雨的微涼，趕一程赴賭的路」（「生命」）等佳作，都是青少年讀者的寵物。但中期作品已轉爲比較深沉，如「多想跨出去，一步卽成鄉愁／那美麗的鄉愁，伸手可觸及」（「邊界酒店」）「我願我恰在盛裝的時候／在有哭泣的地方尋到尚未冥化的靈魂……」（「盛裝的時候」）等。他也寫了不少鄉土風味的寫實詩，如「南湖大山輯」、「大霸尖山輯」。

赴美後近作已結集爲「燕人行」（一九八〇年），似又邁向一新的里程，展示一中年人的胸懷。

十、商　禽

商禽（一九三一——）本名羅燕，又曾用筆名羅馬。常被目爲詩壇的超現實主義者，他的詩量雖不多，質卻頗精。詩的風格是冷靜的、詭譎的，時而帶有神秘感，時而表現淡淡的鬱悶。一般讀者除了欣賞他的散文詩如「長頸鹿」（寫囚徒的心境）外，對於他的作品往往有愛惜而不得其門以入的惆悵。但不可否認的，他是一位有心的實驗者和追尋者，諸如「遙遠的催眠」、「天河的斜度」都可說是他獨得的成績。已出版詩集「夢或者黎明」。其夫人羅英之詩秀逸中有深烈的現代感。

十一、楊　牧

楊牧（一九四〇——）本名王靖獻，最初用筆名葉珊，也是抒情詩的能手，曾出入於創世紀與藍星之間，詩風則與黃用、夐虹相左右。

「水之湄」（一九六〇年）、「花季」（一九六三年）、「燈船」（一九六六年）等集，都明白顯示了一個多情有才的少年詩人的面貌與風姿，善用比興，善於塑造氣氛。如「在翻身撥火的刹那／啊漢子，山自額際湧起了」（「露宿者」），灑脫不羈中還沾帶些許奇譎。

中期以後不甘自囿，作多面的嘗試，如「十二星象練習曲」猶是浪漫、唯美之作，近作長詩「吳鳳」則爲歷史寫實詩了。自承頗受濟慈影響，亦透顯相當程度的舊詩詞風采。

十二、羅門

羅門（一九二八——）本名韓仁存，是藍星詩社的一員大將。

他的詩風是剛強的、濃醇的，「大風起兮雲飛揚」。對現代的事物及人間現象特別敏感，而又懷抱傳統人文主義的理想，儼然以詩人中的貝多芬自視，高唱人類的心靈之歌，力抗物質文明的急驟潮流。

早期作品收集在「曙光」（一九五八年）一集中，大部分不免過於直率，用喻亦連根帶葉，主題明朗，且富有浪漫情調，論者以爲其作風在拜侖與惠特曼之間。如「城裏的十字架」、「英雄頌」等。之後技巧更進步，內容也更深刻；意象的繁富，節奏上的波瀾變化，氣勢上的盤旋起伏，使他成爲一位重要的詩人。

「第九日的底流」（一九六三年）、「都市之死」、「死亡之塔」（一九六九年）是他最重要的三組代表作。前者標有副題「獻給樂聖貝多芬」，乃是在現實中追求永恆之境的一系列回響：

而在你音色輝映的塔國裏
純淨的時間仍被鐘錶的雙手揑住
萬物回到自己的本位　以可愛的容貌相視
我的心境美如典雅的檯布　置入你的透明
啞不作聲地似雪景閃動在冬日的流光裏

「都市之死」探討現代文明的癥結及現代人的墮落與悲哀，「死亡之塔」由紀念亡友覃子豪出發，探究生與死的嚴肅問題。間作小品，其思雖巧，其辭反覺生硬。

十三、葉維廉

葉維廉（一九三七——）也是「創世紀」的一員。他的詩每喜以「偉大題材」爲表現對象，頗受艾略特的影響，其中較有成就的是「賦格」、「仰望之歌」及「降臨」等：

日日羣山從我們的兩肩躍出然後滑落然後
一若憂慮偉大之拍翼指揮着海流，一瀉千尋的
火銀的太陽指揮着我們夢之放射……（「降臨」三）

有氣魄、有技巧，但有時不免拗澀。近作多出之以較平易的文字，節奏較散漫。

十四、管管與菩提

管管（一九三〇——）本名管運龍，也是「創世紀」的詩人，他的句法特殊，口語活潑，粗豪氣格表露無餘，時有諧趣，亦不避強烈的童稚趣味；又喜參入文言字句（如「吾」）及舊詩片段，自成格調。

「四方的月亮」、「弟弟之國」、「荒蕪之臉」等，堪稱他的代表作。如「太陽」便有試驗過度的跡象。

菩提（一九三一——）本名提曰品，創世紀詩人，河北農村出身，詩風質樸，含凝中有熱力，有衝勁，對時代氣氛有敏銳感受，每蘊悲憤於正義中：

星空在中央
北京人在中央
神祇的陰影在中央
夜已來了啊
兩極間，衆生瑟縮着（「北京人」）

有時拙中見巧：

唉，我的淚
早在路上
被人踩碎（「菊花開時」）

十五、敻虹

敻虹（一九四〇——）本名胡梅子，是藍星詩社另一位女詩人。她的詩也是標準的閨秀之作，可分兩期：第一期是少女時期，代表作有「我已經走向你了」、「逝」、「止舞人」、「滑冰人」等，柔弱中偶見陽剛之音：

兩旁樹着奇妙的建築
有睜窗之複眼的時常流溢歡歌的巨廈
有憂鬱的小圓屋（「如果用火想」）

而朋友，誰失蹤了，誰死去了，
更誰在三月沒有了消息？（「逝」）

第二期是婚後的作品，內容較深沉成熟，語言樸實化，節奏格外迂緩。代表作如「死」、「東部」、「臺東大橋」、「媽媽」。

長短句運用自如是她的一大長處。

十六、方　莘

方莘（一九三九——）本名方新，是藍星詩社中富有創新精神的一員。他的小詩極清冷有味，如「月升」、「開着門的電話亭」、「無言歌：水仙」等，耐人再讀三讀。他的較長的作品便展示了高度的實驗精神。其中「夜的變奏」尤其是冶詩、圖案與音樂爲一的佳構。「咆哮的輓歌」也予人石破天驚、包蘊宏富之感。「膜拜」諸詩在形式排列上的嘗試，也收得相當的形象效果。

十七、向明與商略

向明（一九二九——，董平）與商略（一九三一——，唐劍霞），也是藍星詩人。向明是一位篤實的作者，頗受覃子豪影響，以詩篇表現時代血脈，頗有人溺己溺的胸懷，「雨天書」（一九五九年）中尤多此類作品：「啊！引力，昇起吧！」展現了一個上進、清醒的現代人的心聲；「橋」則透露了「我」的歷史使命：

跨下的河床似我，忙於疏濬
歷史馱着希望從這裏行向遠方

「狼烟」（一九六九年）中則多表現現代人的苦悶與孤寂。「青春的臉」（一九八二年）在技巧上更進一步。

商略的作品古澀耐讀，如魏碑，如盧奐畫。「刻春雪之澗笑於碑／智慧走此出發」（「碑」）、「是我。我在這裏／守護着高寒／守護着大寂寞」（「兀鷹的沉默」）、「而夜長如愁」（「蛾」）不但有筆力，亦不失巧思，如以「象徵的雙燈」寫「蝸步」的我，便大大出人意表。

近年作品較爲清瑩，但仍有古味：如「永恒乃有如獄卒之窺伺／且嗜賭」（「居室」）即一例。

十八、林煥彰

林煥彰（一九四四——）是龍族詩社的一員。

他的詩善用口語，不避平實，時常流露鄉土氣息，但仍不失現代感。「中國・中國」是他的代表作之一：

設想杯子被揑碎以後
我該怎樣在掌中找血
　　在血中尋你
生命啊
原是一條河流

第一次便在我的體內走遍了祖國大陸（前二段）

他的長處是不故作姿態。近作似稍遜色，惟「孤獨的時刻」較出色。

十九、方　旗

方旗（一九三七——）本名黃哲彥，是一位科學學者，其詩作均不在詩刊發表，而收入「哀歌二三」（一九六六年）、「端午」（一九七二年）二集中，前者尤佳。

小詩如「小舟」，眞乃一唱三歎之音：

孤獨的小舟都是歪斜地擱着
　全世界的沙灘都是如此的
　　而如同歪斜的頭
　　　裏面充盈着悲哀

長詩如「在梅菲列斯登臺以前」：

而在我的一聲呼痛中，整個雪崩
盞去矣，古老的帝國崩潰，幾人稱帝幾人稱王
盞去矣，微風起於蘋末，斷線的風箏各自西東……

更能將人類命運與歷史血脈一舉而包蘊其中，讀之心重眼明，低徊不已。其運用文字意象及變化節奏的才具，亦爲同輩詩人中的佼佼者。

二十、張　健

張健（一九三九——）創作二十餘年來，已寫了二千多首詩，包涵各種題材：大自宇宙人生社會，小至身邊的一草一木，一塵一埃，均可入詩；同時也嘗試了各種不同的風格：或陽剛，或陰柔，或明朗，或深澀，或平淡，或譎麗，不一而足。其長篇敍事詩「雷峯塔下」蒙兪大綱先生稱許爲「白蛇傳」題材之最佳長詩。已出版詩集「鞦韆上的假期」、「春安大地」、「畫中的霧季」、「四季人」、「藍眼睛」、「雨花臺」、「聖誕紅」、「屋裏的雪花」、「白色的紫蘇」、「水晶國」、「夜空舞」、「草原上的流星」十二種。

本期詩人尚有羊令野、張默、辛鬱、沙牧、藍菱、戴天、季紅、大荒、曹介直、周鼎、喬林、辛牧、施善繼、溫健騮、王潤華、方艮、楚戈、洪素麗等等。詩社尚有笠、詩宗、星座、葡萄園、海洋、詩隊伍等。

——後期——

本期自民國六十年（一九七一年）至今（一九八三年），大致趨勢是由深澀轉平易，且受民歌的影響；也受到美國五十年代以後新詩人如金斯堡等的啓發，雖然仍有從事朦朧曖昧作品的創造者，但顯然已不能構成主流。句法方面，有相率採用短句的現象。新人也爲數不少，但部分尚欠成熟，新詩社有「後浪詩社」、「大地詩社」、「草根詩社」、「詩人季刊社」、「神洲詩社」、「秋水詩刊社」、「心臟詩刊社」等。

一、羅青

羅青（一九四八——）本名羅青哲，是新技巧的嘗試者，「吃西瓜的方法」（一九七二年）是他的代表作。這部詩集中所收錄的詩作，往往自平淡的語言中翻出新思奇想，並注意運用邏輯推動詩思，但不落於板滯；句法也變化多端：

對我，攞出了一幅
長河落日圓的姿態
使激動萬分的我
差點成了一隻，孤鶩

一隻盤旋而起的孤鶩
久久久久……
無枝可棲（「柿子的綜合研究」末段）

即一佳例。他能於無詩處造詩，十發八中。此外又試作武俠詩、圖畫詩。

二、吳　晟

吳晟（一九四四——）（吳勝雄）和羅青同爲吳望堯詩獎的得獎人。

他的詩最富鄉土氣息，質樸誠懇，如話家常，有時不免過於平淡，而像散文了，而且，句法的變化也較少。

古早古早的古早以前
吾鄉的人們
開始懂得向上仰望
吾鄉的天空
就是那一付無所謂的模樣
無所謂的陰着或藍着……

這首收在「吾鄉印象」（一九七六年）中的「序說」，便是他的代表作之一。他也經常表現農村社會中的時代轉變跡象，以及親子之情、天倫之樂。近著「泥土」，尤見進境。

三、蘇紹蓮

蘇紹蓮（一九四九——）是後浪詩社的大將，他的詩語言新特，詩質濃密，表現一種現代的悲惻，異常凝重，使人爲之震撼。

「生日」是一首散文詩，玆錄其首段：「我跪在日曆裏，祈求時間的隊伍不要通過世界大地圖，不要通過年齡的戰場，啊！不要通過我生日的小蛋糕，踩熄那些紅臘燭。」

「千點萬點寒鴨」則以簡短的四字句爲主要成份：「寒鴨在樹／枝間落日／停棲一排／一排水聲」「老樹龐大／吐着苦水／寒鴨黑暗／千點萬點」……是實景也寓託。他的詩有時不免晦澀費解。又好作「連作」，如「河悲」、「驚心」各有六十首之多。

四、許茂昌

許茂昌（一九五一——）是一位注意文字剪裁及錘鍊的年輕詩人，清新而復深沉。善於表現時代律動，頗有悲天憫人的精神。

如「哭泣的湄公河」寫越南淪亡前的景象，氣勢悲壯而不流於空洞，「稻草堆皺着焦黑的眉。／湄公河永遠浮在和談及槍管上。／村莊永遠活在虐待上。／嬰兒活在夭折上。」「激烈的巷戰後／一位父親從那個男孩臉上／取下最後一朵／堅硬的微笑。」

「港」是另一首代表作，寫現代中國青年的心向、出路與隱憂，仍聯繫着大我的生機：「我用夾克去覆蓋那個不懂什麼叫悲哀的港」，寫得奇譎而又樸實。「我只有微笑再微笑」，是無可奈何的反諷，而且完成了全詩緊密的呼應架構。他是一位富於張力的詩人。

五、渡也

渡也（一九五三——）本名陳啓佑，爲「創世紀」一員。

他擅長散文詩，重視方法的經營，對形式特別講究，擅長表現哀思和迷惘，也善寫人間各種情誼——父子、母子、男女等等。如「巨樹」寫父子，「傘」寫母子，「春蠶」則寫熱戀中的男女：「我在妳屢次設下的夜裏，等妳很久了，終因不能支持而撲倒在千里泥濘的雨地，然後妳才走過來，幽幽怨怨地，對我吐盡妳衰弱的蠶絲，說：／『開始』。」是一位頗具潛力的後起之秀。

六、方娥真

方娥眞（一九五四——）是神洲詩社的女詩人，她以清朗灑逸的聲音走入詩壇，已使前輩詩人們爲之驚詫，在閨秀的情感外，她更有一些「千秋萬載」之思：「鴻雁陣陣絕聲裏／我們是回不了家的旅人／像一支民謠行吟自己的一生」（「下樓」），「我正爲千里的月光疾書」（「似曾」）、「青史如燈／中原如畫／畫中燃燈的我們／合成一卷／掛在壁上」，「月光仍八千里路，跨越了長城各地／在多少繁華與廢的年代裏／靜望成一座蒲團」（「上樓」）。

其夭矯不羣之姿，在女詩人中幾有超邁前修之勢。至少，她是中國女詩人中唯一深具歷史感的作者。

七、高大鵬

高大鵬（一九四九——）是方思、方莘、方旗的繼紹者，但自有其個己的創造。如「航」中的「而廻應在長廊的盡頭／是沉重若父親熊皮的大靴／世界便一步步走進／整座巨厦都陷入戒嚴」寫現代人的驚懼感；「夜」中的「當天河／攤開一張報紙／你是否閱讀／如星光」寫現代人的迷惘感；「預言」中的「所有的汽球都升空了／向閉眼睛時候的天／搶購星夢」寫現代人的虛榮與荒謬，均入木三分。「破陣子」中的「地府湧出了巨樹／要永世抗拒吳剛之斧……」則昂然發出藝術家抗議時代的呼聲。近作力求平易，反略有辭費之感；其中「天問」爲一深沉的愛國長詩。

八、羅智成

羅智成（一九五五——）是一位有志的實驗詩人，他慣於作大塊文章的抒寫，乍看似不拘形跡，其實自有其獨特的形式。「光之書」卽是一輯富有神秘感的新銳作品：

那座花園，叫時間……

鷹的飛翔和作夢一般流暢，在失速以前，我還以為投入安穩的睡鄉。

感受敏銳，意象奇特是他的長處（「我的神思正放着一萬個風箏」），有時不免流於夢囈式的獨白。不過他也有親切平易的一面：「但是我們互愛的秘密，是不容被揮霍的家當。」（「父親」）他是一名不可盡測的作者。

九、陳　黎

陳黎（一九五四——）本名陳膺文，近幾年來勤於創作，作品迭見於「藍星」、「創世紀」、「中外文學」及各報副刊，有日趨成熟之勢。已出版詩集「廟前」。

他的作品在意象與意涵之間融合無間，且亦注意形式的經營，但不爲已甚，奇而不怪，濃而不豔。近作如「戀歌」竟似兼有里爾克與黃用的風味（引錄片段）：

要等到全城的花店把時間從鐘面摘走
我們的夢曾經是僅有巨大的花園
無比燦爛準確的星圖
也許有異鄉人前來問路，在夜裏
輕叩我們的額頭
並且驚訝，它的堅實（之一）

你不見衣飾的形象在夜的中央，那般
自由地約束自己，好像一隻滿裝音樂的
水瓶，不洩漏一滴心事地呼喊（之二）

十、非　馬

非馬（一九三六——）本名馬爲義，工學博士，著有「在風城」、「非馬詩選」，其詩平淡中有奇崛，常以冷筆出新思，有似法國現代詩人裴外（Prévert）的作品（他也譯有「裴外詩選」）：

看窗外斜雨
在寒流裏
一竿長一竿短
打撈
失落的春天（「雨季」）

本期作者尚有苦苓、沙穗、陳家帶、溫瑞安、楊澤、季野、許丕昌、天洛、馮青、楊渡、向陽、蕭蕭、文愷、白靈、葉翠蘋、蘇白宇、江中明、沈志方、林彧等。他們大都還在成長、發展中。

今後的現代詩當繼續在汲取中國古典詩詞神韻方面努力，且應抒情詩、敘事詩齊頭並進。而在形式方面，也將參酌中、西詩歌，作進一步的嘗試與探索。

第三編　詩選

李金髮 詩選

棄婦

長髮披徧我兩眼之前，
遂隔斷了一切罪惡之疾視，
與鮮血之急流，枯骨之沉睡。

黑夜與蚊蟲聯步徐來，
越此短牆之角，
狂呼在我清白之耳後，
如荒野狂風怒號，
戰慄了無數遊牧。

靠一根草兒，與上帝之靈往返在空谷裏。
我的哀戚惟遊蜂之腦能深印着，
或與山泉長瀉在懸岩，
然後，隨紅葉而俱去。

棄婦之隱憂堆積在動作上，
夕陽之火不能把時間之煩惱
化成灰燼，從烟囱裏飛去，
長染在遊鴉之羽，
將同棲止於海嘯之石上，
靜聽舟子之歌。

衰老的裙裾發出哀吟，
徜徉在丘墓之側，
永無熱淚，
點滴在草地
為世界之裝飾。

戴望舒 詩選

夕陽下

晚霞在暮天上撒錦，
溪水在殘日裏流金，
我瘦長的影子飄在地上，
像山間古樹底寂寞的幽靈。

遠山啼哭得紫了，
哀悼着白日的長終，
落葉卻飛舞歡迎，
幽夜底衣角，那一片清風。

荒塚裏流出幽古的芬芳，
在老樹枝頭把蝙蝠迷上，
牠們纒綿瑣細的私語，
在晚烟中低低地廻盪。

幽夜偷偷地從天末歸來，
我獨自還戀戀地徘徊，
在這寂寞的心間，
我是消隱了憂愁，消隱了歡快。

馮至詩選

十四行（之十四）

你的熱情到處燃起火，
你把一束向日的黃花
燃着了，濃鬱的扁柏
燃着了，還有在烈日下

行走的人們，他們也是
向高處呼籲的火焰，
但是初春一棵枯寂的
小樹，一座監獄的小院，

和陰暗的房裏低着頭
剝馬鈴薯的人：他們都
像是永不消溶的冰塊。

這中間你卻畫了吊橋，
畫了輕倩的船：你可要
把些不幸者迎接過來？

十四行（之十六）

我們並立在高高的山巔
化身為一望無邊的遠景，
化成面前的廣漠的平原，
化成平原上交錯的蹊徑。

哪條路，哪條水，沒有關連，
哪陣風，哪片雲，沒有呼應。
我們走過的城市，山川
都化成了我們的生命。

我們的生長，我們的憂愁，
是某某山坡的一棵松樹，
是某某城上的一片濃霧；

我們隨着風吹，隨着水流，
化成平原上交錯的蹊徑，
化成蹊徑上行人的生命。

辛笛詩選

航

帆起了
航向落日的去處
明淨與古老
風帆吻着暗色的水
有如黑蝶與白蝶

明月照在當頭
青色的蛇
弄着銀色的明珠
桅上的人語
風吹過來
水手問起雨和星辰

從日到夜
從夜到日
我們航不出這圓圈
後一個圓
前一個圓
一個永恆
而無涯涘的圓圈

將生命的茫茫
脫卸與茫茫的烟水

紀弦詩選

蟄居

單調地排疊着的
大理石的紋狀的雲
流過瑟縮的窗
遲緩地。

人家的屋脊的
雪的地平線，
遮斷了遠方季節之
每一窈窕的消息。

未濟之一

她們喜歡快速那些綠
具可燃性的她們都很憂鬱
至於那些腐葉喪失了辛烷度的不喜歡
憂鬱她們是一點兒也不

所以我經常表演攀爬
一面吹着最不音樂的口哨水手風地
在一個被加了特別延長記號的全分音符裏
登天梯以超脫

凡綠和腐葉
凡具可燃性的和喪失了辛烷度的
無論其憂鬱不憂鬱喜歡不喜歡快速
一概發了請柬（哦！觀衆
隨便你們噓或中途退出

大聲叫喊，統計學一般的沉默或用力拍手——
這裏是沒有什麼公共秩序必須維持和遵守）

而是圓筒狀成幾何級數的那麼
爬升又跌落；而是成幾何級數圓筒狀的那麼
跌落又爬升……

火葬

如一張寫滿了的信箋
躺在一隻牛皮紙的信封裏，
人們把他釘入一具薄皮棺材；
復如一封信的投入郵筒，
人們把他塞進火葬場的爐門。
——總之，像一封信，

貼了郵票，
　蓋了郵戳，
寄到很遠很遠的國度去了。

阿富羅底之死

把希臘女神 Aphrodite 塞進一具殺牛機器裡去
　　切成
　　塊狀
把那些「美」的要素
抽出來
製成標本；然後
　　一小瓶
　　一小瓶
分門別類地陳列在古物博覽會裡以供民衆觀賞
並且受一種教育

這就是二十世紀：我們的

美酒

剛剛用啓子啓開了瓶蓋一點點便溢出了香氣滿
屋滿院子而又連忙把它敲敲緊並蠟封了的一瓶
美酒啊……唉唉，噢噢，
這不就是一個永不宣佈的戀的一切了麼？

十一月的新抒情主義

金色的將變成土色了吧？
藍色的將變成灰色了吧？

是的，是的：十一月最後的日子還剩幾秒。
今天禮拜三。明天禮拜四。
十二月一號是多麼的無聊啊！
那些哼着藍色多瑙河而散着小小的步子的金
　髮女郎在何處？
那條綉着金色圖案的藍領帶也不知去向了
啊。而窗外午夜的地平線上木然出現了的
是一具披着灰色頭髮的
不肉感的土色的裸體。

噢噢，
　　錯過了的：
　　　火曜日的晚上，
本可以和斯泰芬·馬拉美的女兒結婚；
教保爾·梵樂希念詩，安特烈·紀德致詞。
於是，當新世紀的黎明，雄鷄誕生——
蔣·高克多引頸長鳴聲中，
高穆·阿保里奈爾的西班牙風邪症也霍然痊
癒了。
可是流淚有何用呢？傷心也枉然的。
然則，做詩吧！
變成土色了的，原來是點金的金色呀。
變成灰色了的，原來是藍天的藍色呀。
——嗯，這就是十一月的新抒情主義，

狼之獨步

我乃曠野獨來獨往的一匹狼
不是先知
沒有半個字的嘆息

而恒以數聲悽厲已極之長嗥
搖撼彼空無一物之天地
使天地戰慄如同發了瘧疾
並刮起涼風颯颯的令我毛骨悚然

這就是一種厲害
　　　　一種過癮

人間

那些見不得陽光的，
給他一盞燈吧！

那些對着銅像吐唾沫的，
讓他也成為銅像吧！

而凡是會說會笑的
洋囡囡似的可愛的小女孩，
請抱着醜小鴨米老鼠和狗熊
走進我的春天的園子來；
只要不是塑膠不是尼龍
也不是賽璐珞做的，
就可以吃我樹上的番石榴。

M之回味

贈我以一小串茉莉花。
一小串。一小串。一小串的。

非洲土人木偶雕刻似的，
有一種神奇的美：
那麼黑，那麼瘦小，又那麼乾癟；
憔悴得

像一截枯枝。
還很香，很誘惑，很有風度的哪！
六月的馬尼拉，邁着茉莉花一般小小的步子。
而翌日，不，到七月，
遂成為至極高貴的象牙色的了。

稀金屬

沒有故事。沒有場面。
沒有頂點。沒有高潮。
沉默着又沉默着的……
不是不表露的愛情，
不演奏的小梅奴哀特，
不跳的舞，
不唱的戀歌之類；
而是一種禁止開採的稀金屬——
連一小塊的礦石都不許展示的
整個埋藏量的神聖。

八里之夜

八里
從他的厚厚的灰灰的沙土裏
舉起那麽多仙人掌的綠手來
歡迎我們；
舉起那麽多野鳳梨的武器來
向我們致敬。
八里
用他的藍制服的萬人樂隊
奏嘩啦啦波瀾壯濶的詩人進行曲

歡迎我們，
向我們致敬。

夕照中
我們簽名在沙灘上
看八里的個展
可讚美的。
可讚美的
是那笑着微微笑的
儀態高貴的小姑娘。
我們一致通過
封她做八里鄉的公主。

公主
拿親手做的黑玉似的仙草冰
給我們以甜甜的祝福。
於是我們發光。

我們藉歌與舞的各種噪音
以及狂歡與胡鬧的一切紅
創造了一個半野蠻的
八里之夜
何等奇妙何等豪華又羅曼的。

而在日落以前
我第一次泡我的唐·吉訶德一般瘦瘦的長長
　的裸體
在涼涼的冷冷的鹹水裏
接受了海的洗禮。

覃子豪 詩選

牧羊神的早晨

草原醉着，在風和露的盛宴裡
太陽以金環擊響地球的圓弧
金石琤琤，牧羊神醒自蕈子雲的噩夢中
角的倔強，頭額的崢嶸
知道這陰影重疊底壓力
豎多毛的耳朶聽機械在自己的黑影裏吶喊
要造物者賦予它們以靈魂

抽屜之城，沒有牧歌
牧歌是古代墓碑上斑剝的石紋
沒有夢想
夢想是被剪掉翅膀的天使

而文明的逃避者，常從抽屜的縫隙中
窺菲洲雪峯上的神秘
且竊聽莽原上澎澎的鼓聲
當牧羊神醒來，抖落原子的微塵
悠悠然的吹響它令人發思古之幽情的牧笛
吹醒草原，吹醒默默衆神
你披風的長袍來我廊中
畫廊因神底降臨而復活

這是奇異的早晨
牧羊神在窗外跳舞
且窺視你眸中白晝的黑夜
黑夜是早晨的母親
哺育思想的黎明
令人清醒不想睡去的黑夜
令人想睡去不想醒來的黑夜
水晶般的深邃而清涼的黑夜

是神的居住，我想化為夜之一部
夜在孕育：一個白晝，一個太陽
　一片黑色的沃土，一粒種子的爆發

然人能辨識，交感是神的屬性
沒有距離，沒有影子
你的睫，是光的葉脈，在啓合間
神在那兒行過
這是奇異的早晨
牧羊神在窗外吹響它的牧笛

機械是人的奴隸，人亦是機械的奴隸
當靈魂在冰箱裏腐朽，製造文明的心臟亦將
　腐朽
人的煩惱如何終結？
當一陣驟雨洒落，我的官感顫慄
靈魂的淚點洒落於玫瑰辧

一朵玫瑰緊握在你的掌中
是一朵小小的火燄在白晝的黑夜裏，照亮
　我的幽微
牧羊神在一個早晨吹響它的牧笛

吻

一隻白翅紅胸的水凫
掠過蘆叢，掠過盈盈深潭
飛越頂峯，飛向微醉的海
怡然在一個珊瑚的礁石上降落

它默默地在測驗海水的溫度
這季節是初春，還是火熱的長夏？
它將作無盡期的棲留
在這旅途的終點？

金色面具

不見眸子，目光依然深沉
　神采依然煥發
看哪！你那眼皮微闔的冷然森然的神情
　是沉默的吸引？
　是無情的挑戰？
永遠凝視着廊外青青的海
聽海的迷魂曲，讚美玄秘的世界
　海睜開一隻大眼睛
投七色廻光於畫廊
照亮了你臉上逃避困擾的憤懣
你留下靜寂和奧秘於廊中
我如何能審視出你內在的虛無？
有感覺如手掌撫觸着叢叢的火燄

無傷肌膚，像珊瑚樹
　藏於海底一片深沉的碧綠
有感覺觸及意志
　如鶴嘴鋤觸及金石，鏘然有聲
　夜深了
　琴絃斷了
在燭光熄滅的一瞬，你投下森然的一瞥
目光像兩條蝮蛇
　帶着黑色的閃光
　　黑色的戰慄
自深穴中潛出，直趨幽冥
　你的目光依然深沉
　　神采依然煥發
那些龍眼核的眼睛怎能及你的深沉
你深沉的眼裡有填不滿的無名的渴望

像我，有火潛在內心，燃燒着，燃燒着
如何滿足？美給予我的心靈的感受
　　官能的狂樂
葵花一瓣瓣的開放
　又一瓣瓣的死亡
看哪！你臉上有極度的熱在燃燒
為何又泛着青銅一般冰涼的冷嘲
你是在不屑的看我？
　活得如此愉悅，如此苦惱，如此奇特
說你自非洲來，自象牙海岸來
　頭上插過紅羽毛
　臉上留有山羊血的氣味
而你的眉宇如此雍容
或是自來意大利古老的歌劇院中？
夢的嚮導者啊！
　飄然如你，神秘如你，卓絕如你
　　令我膜拜

邱必特以一朵玫瑰賄賂靜寂之神
我以玫瑰的馨香奉獻你
　請引我走向未來之夢鄉
不以鼓聲為節奏，以迷魂曲的旋律底吸引
在這個世紀，這個季節
唯你能令我忘卻自己
去認識世界真實的面貌

夜在呢喃

夜
　雲母石築成的大教堂
投五百株廊柱的陰影
構成莊嚴與深邃
　有少女在祈禱
　喃喃的洩示靈魂的秘密
語聲回應於廊柱之間

像夜在呢喃
　夜在呢喃
我臥於子夜的絕嶺，瞑目捉摩太空的幻象
頭髮似青青的針葉，有松脂的香味？
星子像松鼠之羣在我頭上跳躍
翹起尾巴，嗅我的額角
　　我若是一株松樹
就讓星子們在我髮中營巢
　從暫短中面臨悠久
青空凝視我
　　我觀照夜
　　夜觀照悠悠與無極
集中感覺於頂梢，聽夜的呢喃
夢幻不易把握，有夢幻把握我
我和你飛翔在夢中

　　當影子橫臥
熱情之環緊扣着你的臂膀
時間在你呼吸裡抑揚
夜在呢喃着
島外之島，海外之海的迷茫
說你的眸子也是迷茫的，像海
有雲的憂鬱
在祈禱時充滿發光的淚
一株薔薇死過
　　在春日的霧中吐出花蕾
我的意象曾被嚴寒扼殺
卻在你眼裡發現重重疊疊的太陽
暫短與悠久，同樣神秘，同樣不可知
在絕嶺上，為未來琢磨具象，為夢造型
雕塑一座夏娃的體態於黎明的大理石上
　刻下你片刻的靜默

刻下你的迷茫

黑水仙

你是從何處來的？
不可追求的會際，不可尋覓的遇合
不可等待，不可守候
在午寐夢土的岸上
初識你眼睛裡的黑水仙
那煥然的投影
袪盡我一切欲眠之時的迷惑

第二自然，是不可捕捉的
不可思議的奧深
幻中的黑水仙
我欲皈依那絕對的純粹
而我已溶入無限的明澈

金黃色的蕊，閃爍着奇妙的語言
是奧深的通知，釋放我的苦惱
於你眼中的黎明？
純粹、明澈的所在
只可遇合，不可尋覓
黑水仙，水之精靈
生長於潺湲的忘懷之河

瓶之存在

淨化官能的熱情，昇華為靈，而靈於感應
吸納萬有的呼吸與音籟在體中，化為律動
自在自如的
挺圓圓的腹

挺圓圓的腹

似坐着，又似立着
禪之寂然的靜坐，佛之莊嚴的肅立
似背着，又似面着
背深淵而面虛無
背虛無而臨深淵
無所不背，君臨於無視
無所不面，面面的靜觀
不是平面，是一立體
不是四方，而是圓，照應萬方
圓通的感應，圓通的能見度
是一軸心，具有引力與光的輻射
挺圓圓的腹
清醒於假寐，假寐於清醒
自我的靜中之動，無我的無動無靜
存在於肯定中，亦存在於否定中
不是偶像，沒有眉目
不是神祇，沒有教義
是一存在，靜止的存在，美的存在
而美形於意象，可見可感而不可確定的意象
是另一世界之存在
是古典、象徵、立體、超現實與抽象
所混合的秩序，夢的秩序
誕生於造物者感興的設計
顯示於渾沌而清明，抽象而具象的形體
存在於思維的赤裸與明晰

假寐七日，醒一千年
假寐千年，聚萬年的冥想
化渾噩為靈明，化清晰為朦朧
羣星與太陽在宇宙的大氣中
典雅、古樸如昔
光煥、新鮮如昔
靜止如之，澄明如之，渾然如之

每一寸都是光
每一寸都是美
無需假借
無需裝飾

繁星森然
閃爍於夜晚，隱藏於白晝
無一物存在的白晝
太陽是其主宰
青空渺渺，深邃
而有不可窮究的富饒深藏
空靈在你的腹中
是不可窮究的虛無

蛹的蛻變，花的繁開與謝落
蝶展翅，向日葵揮灑種子
演進、嬗遞、循環無盡？

或如笑聲之迸發與逝去，是一個剎那？
剎那接連剎那
日出日落，時間在變，而時間依然
你握時間的整體
容一宇宙的寂寞
在永恆的靜止中，吐納虛無
自適如一，自如如一，自在如一
而定於一
寓定一於孤獨的變化中
不容分割
無可腐朽

一澈悟之後的靜止
一大覺之後的存在
自在自如的
挺圓圓的腹
宇宙包容你

你腹中卻孕育着一個宇宙
宇宙因你而存在

吹簫者

吹簫者木立酒肆中

他臉上累集着太平洋上落日的餘暉
而眼睛卻儲藏着黑森林的陰暗
神情是凝定而冷肅
他欲自長長的管中吹出
山地的橙花香

他有弄蛇者的姿態
尺八是一蛇窟
七頭小小的蛇潛出
自玲瓏的孔中

纏繞在他的指間
昂着頭，飢餓的呻吟
是飢餓的呻吟，亦是悠然的吟哦
悠然的吟哦是為忘懷疲倦
柔輭而圓熟的音調
混合着夜的淒冷與顫慄

是酩酊的時刻
所有的意志都在醉中
吹簫者木立
踩自己從不呻吟的影子於水門汀上
像一顆釘，把自己釘牢於十字架上
以七蛇吞噬要吞噬他靈魂的慾望
且欲飲盡酒肆欲埋葬他的喧嘩
他以不茫然的茫然一瞥

從一局棋的開始到另一局棋的終結
所有的飲者鼓動着油膩的舌頭
喧嘩着，如衆卒過河

一個不曾過河的卒子
是喧嘩不能否定的存在
每個夜晚，以不茫然的茫然
向嘵嘵不休的誇示勝利的卒子們
吹一闋鎮魂曲

樹

樹，伸向無窮
雖是空的一握
無窮確在它的掌握

深入過去，是盤集的根
展向未來，是交錯的枝
密密的新芽和舊葉
在撫摩浮雲，太陽和星子

生命在擴張
到至高，至大，至深邃，至寬廣
天空是一片幽藍
永恆而神秘
樹伸向無窮，以生命之鑰
探取宇宙的秘密

追求

大海中的落日
悲壯得像英雄的感嘆
一顆星追過去
向遙遠的天邊

黑夜的海風
括起了黃沙
在蒼茫的夜裡
一個健偉的靈魂
跨上了時間的快馬

鍾鼎文 詩選

夜泊正陽關

毛河口在正陽關東北，是淮、潁、淠……諸流的滙合處，河面汪洋，波濤洶湧，舟人過此，多存戒心。

毛河口上一轉舵，
船入淮南；
遙見水上的燈火，
正是正陽關。

船未下碇，
已看見岸上的簇簇燈光，幢幢人影；
更聽見有人呼喚我的姓名——
說是將軍招飲。

大麯酒，煙燻魚，
漸是家鄉風味；
但覺興豪，忘卻量小，
拚得帳中一醉。

醒來還是舟中客——
聽關上的更殘，
看沙頭的月落；
默默地細數着三十年來家與國……

仰泳者

太空浩瀚無垠，是閃爍而陰森的星海；
我們的世界是這海裏的仰泳者
身體浸沒、浮在海面上僅有的頭。
它的頭角峥嵘，面骨嶙峋，容顏憔悴，
滿臉洋溢着縱橫的汗與淚，
因無終止的苦役而喘息不休，
廣闊的額是大陸，從歐羅巴到亞細亞，
聳起的鼻是高原，從帕米爾到喜馬拉雅，
兩頰一明一暗，
是亞美利加與阿非利加……
在它苦痛抽搐的臉上，
我們劃出無數個部落、城郭、邦國，
如像蜂底巢，蟻底穴；
我們為領域的爭奪而流血，
為大地的墾拓而流汗，
為皮膚、服飾、徽章、旗幟的不同顏色，
如潮如汐地，連年的征伐綿綿。
從石的戈矛、鋼的槍砲、到原子彈，
從獨木舟、三桅船、到潛水艇，
從獵鷹到噴射機……
我們以最高的智慧，機警與殘忍，

加工我們的戰爭，成為超越的藝術；
將我們自己與子弟，
教育成蜂與蟻的同族，
以整齊的制服，包藏着嗜血的靈魂。
在我們這一代短短的半世紀裏，
世界有過兩次的血洗；
巨人之腦因兩度的高熱而充血，
赤紅的額燃燒着邪惡的瘋狂。
更有人攀登它的鼻尖，
在埃佛勒斯峯上，揭開了最後的神秘；
一座無名氏絕大的雕刻，
呈現出粗獷的輪廓——
這是受難者耶穌多稜角的面像，
這是悲多芬莊嚴、倔強而安詳的死面（註）
這是被俘不屈、蒼白乾癟的英雄首級，
這是身軀埋進沙漠、猶剩頭角的司芬克斯
……
地球！偉大的仰泳者之頭，
浮在滄茫的星海上，永恆地
朝向着南方——任何指南針所指定的方向；
因為，這個方向正面對着
宇宙間唯一不熄的光源，
和她温暖的撫摩。

註：「死面」(Dead Mask)，悲多芬彌留時的面部塑像。

人體素描

髮

寄一切的風情於髮吧，
髮是慣於打着旗語的青春底旗。
而我，已經是年逾四十，
在髮裏早有了叛逆的潛藏。

一旦這些叛逆們公然譁變，
從邊陲起義，問鼎中原。
我的髮將成為白色的降幡，
迎接無敵的強者之征服。

乳

圓潤，勻稱，
美學上永恆的焦點。

女人們代表維娜絲時代，
她們的傑作屬於古典派；
男人們代表馬蒂斯時代，
他們的傑作屬於野獸派。
為了美學，
誰都會作明智的抉擇。

擘

夫人，在你玲瓏的身上，
寄生着光滑的、狡猾的蛇。
你的晚禮服不僅讓你身上的蛇游出來，
而且暗示着樂園的禁果已經熟透……

臍

從殖民時代遺留下來的一口枯井，
它曾經為我們湧流過生命的活泉。
在它的斷流之日，我們的生命脫穎而出，
以第一聲啼哭，發表「獨立宣言」。
這歷史的遺跡，記下我們先天的恥辱，
顯示出我們的前身，原是吸血的寄生蟲。
每當我俯首默念，對着枯井懺悔，
啊，母親！對於你，我是永恆、永恒的罪
人。

方思詩選

夜歌

夜性急地落下來了
你不要唱哀悼的歌

你衹有一個形態
卻有無數的影子
夜揉皺了山的衣裾，舒展了樹的手臂
溶和了水與霧，平勻了湖與土丘
夜落下來了，那麼
到夜之寂，夜之深沉，當有聲音升起
從靜之中央，那時便沒有光，沒有影子
你的形態便是我的心
讓夜過早地落下來罷
我不要再見你，你的影子
無所不在的，處處引我悲歌的
我要擁抱你，與你合而為一
我的心就擁抱你
擁抱這深沉的寂靜，擁抱這響澈
我的全心靈的，啊，寧謐的，幸福的，生命
　本身的聲音
當夜落下來了，淹沒了一切崇高的卑微的，
　遠的與近的

在黑暗之黑暗，寂靜之寂靜的
外界
不要唱哀悼的歌

黑色

在黑色的蔭影中看自己的影子
蔭影輕擺于黑色的水中
這樣看自己的影子是足夠的清楚
這是好的：我是千年熾火凝成的一顆黑水晶

你我

愛，何必讓人知道呢
倘若我竟然站在這裏，凝視一株樹的伸展枝葉
呼吸這馥郁的氣息，吐納天地間的——
啊，愛，何必多所言說呢
卽使我站在這裏，永在這裏，我亦化成一株樹
那麼，我將亦伸展枝葉，就像我此刻擁抱你
觸撫你的身軀，呼吸你溫暖的幽芳
我將頂天立地，我便是天地間的，你亦是的，
　生命

夜

你的眼睛閃爍如樹的葉子
秋日瀟灑的白楊，童年懷抱至今的畫題
經過深暗的夜空，星星閃爍如你的眼睛
初春默傳花香的秀柯，宇宙的支柱
召喚我，逗引我，誘惑我
這樹站在我所站的地方，穹蒼是閃爍閃爍而
　又深暗深暗的覆蓋
在蔭影裏我站着，充滿寧靜與感謝
在這暗得深沉而又耀眼如錦緞的圓弧中
我探求這黑色的神秘
　就像緊裹在女郎身段的衣裳，冷風吹來，
　　儀態萬方
就像掩映着剪碎碧空的鳳凰木的池，止

水不波，蔭影卻光可鑑人

在這靜而流動的宇宙中我探求這黑色的神秘
閃爍閃爍的是星星？是你的眼睛
風吹來，深暗的覆蓋依舊，閃爍的黑色依舊
音樂飄來，深暗的覆蓋依舊，閃爍的黑色依舊
迷魅的香氣搖曳而來，深暗的覆蓋依舊，閃
　爍的黑色依舊
我仰望穹蒼，我心掩映在閃爍的黑色裏
啊，深暗的覆蓋，探求神秘的我：你是我宇
宙的支柱，我的宇宙

生長

看，一株樹生長在我的心中，我的體中
啊，看，牠生長，欣欣向榮，雖然未沐於
一絲的和緩的日光，未浸於一滴的温潤的雨露
看，牠伸展牠的枝幹，就如你的纖長的身軀
閃爍青翠的葉子，就如你回眸一笑
就如軟暖柔和的你，牠依在我的心上，我的
　體上
啊，讓痛苦生根，成長，就像一株樹
讓牠開花，粉白似你的雙頰，讓牠結果
滑潤似牠的肌膚，啊，讓痛苦生長
在我的心中，我的體中，就似一株樹，緊貼
　在我的心上，體上
你可以觸撫，以你的温軟的手，就似你伸入
　我的袖口
你亦可以聞牠的氣息，以你的膩潤的雙唇
啊，祇有在那時我才能不感覺痛苦，我才能

適應了痛苦，這深深的剜心割膚的痛苦
當這樹緊貼在我的心我的體生長了　因為
　　　　　　　　我就是痛苦

棲留

像燕子之不欲御取無早春氣息的草
　　　　無清新芳香的穀粒
甜美的，一如你的，一如秀長身軀軟白酒釅
的你的
甜美的話語不會降落，棲留在我無味的舌上
我的舌，無味的，苦澀的，不能感覺任何滋
味的
而又苦澀得與一切甜的美的一切世間的幸福
絕緣的
——啊，我這依然呼吸的被稱為人的，在夜間
微弱地呼吸着，這苦澀的夜，這失卻一切味
覺的夜
在這無盡的失卻一切色澤的黑暗中，一首有
名的小夜曲流過
我的心卻棲留在一無盡的沉默，啞聲的失卻
一切音調的沉默
我的失卻一切情感的心，卻棲留在與心同其
寬廣的
　　啞聲的失卻一切音調的沉默上；我的心
　　　自有其夜曲

楊喚詩選

垂滅的星

輕輕地，我想輕輕地
用一把銀色的裁紙刀
割斷那像藍色的河流的靜脈，
讓那憂鬱和哀愁
憤怒地泛濫起來。

對着一顆垂滅的星，
我忘記了爬在臉上的淚。

黃昏（詩的噴泉之一）

壁上的米勒的晚鐘被我的沉默敲響了，
騎驢到耶路撒冷去的聖者還沒有回來。
不要理會那盞燈的狡猾的眼色，
請告訴我：是誰燃起第一根火柴？

路（詩的噴泉之二）

車的輪，馬的蹄，閃爍的號角，狩獵的旗，
不疲倦的意志是向前的。

為什麼要抱怨那無罪的鞋子呢？
你呀！熄了的火把，涸池裏的魚。

期待（詩的噴泉之三）

每一顆銀亮的雨點是一個跳動的字，
那狂燃起來的閃電是一行行動人的標題。

從夜的檻裏醒來，把夢的黑貓叱開，
聽滾響的雷為我報告晴朗的消息。

雲（詩的噴泉之四）

不要再在我藍天的屋頂上散步！
我的鴿子曾通知過你：我不是畫廊派的信徒。
看我怎樣用削鉛筆的小刀虐待這位鏟形皇后，
你就會懂得：這季節應該讓果子快快成熟。

夏季（詩的噴泉之五）

白熱。白熱。先驅者的召喚的聲音。
下降。下降。捧血者的愛情的重量。

當鳳凰正飛進那熊熊的烈火，
為什麼，我還要睡在十字架的綠蔭裏乘涼？

鳥（詩的噴泉之六）

飛進印度老詩人的詩集，跳上波斯女王的手掌。
我呢？沉默一如啞者，愚蠢而無翅膀。
阿里斯多芬曾把他的憧憬携入劇場，
法郎士的企鵝的國度卻沒有我泊岸的港。

日記（詩的噴泉之七）

昨天，曇。關起靈魂的窄門，

夜宴席勒的強盜，尼采的超人。
今天，晴。擦亮照相機的眼睛，
拍攝梵・谷訶的向日葵，羅丹的春。

獵（詩的噴泉之八）

山林裏有帶槍的獵者，
貓頭鷹且不要狂聲獰笑。
沙漠裏有汲水的少女，
駝鈴啊，請不要訴說你的寂寞和憂鬱。

告白（詩的噴泉之九）

梵諦岡的地窖裏囚不死我的信仰，
贋幣製造者才永遠怕晒太陽。

審判日浪子將匍匐着回家，
如果麥子不死，我們到哪裏去收穫地糧？

淚（詩的噴泉之十）

催眠曲在搖籃邊把過多的朦朧注入脈管，
直到今天醒來，才知道我是被大海給遺棄了
的貝殼。
親過泥土的手捧不出綴以珠飾的雅歌，
這詩的噴泉呀，是源自痛苦的尼羅。

周夢蝶 詩選

四

那時將有一片杜鵑燃起自你眸中
那時宿草已五十度無聊地青而復枯
枯而復青。那時我將尋訪你
斷翅而怯生的一羽蝴蝶
在紅白掩映的淚香裏
以熟悉的觸撫將隔世訴說……

多想化身為地下你枕着的那片黑！
當雷轟電掣，夜寒逼人
在無天可呼的遠方
影單魂孤的你，我總縈念
誰是肝膽？除了秋草
又誰識你心頭沉沉欲碧的死血？

早知相遇底另一必然是相離
在月已暈而風未起時
便應勒令江流迴首向西
便應將嘔在紫帕上的
那些愚癡付火。自灰燼走出
看身外身內，煙飛煙滅。

已離弦的毒怨射去不射回
幾時纔得逍遙如九天的鴻鵠？
總在夢裏夢見天墜
夢見千指與千目網罟般落下來
而泥濘在左，坎坷在右
我，正朝着一口嘶喊的黑井走去……

一切無可奈何中最無可奈何的！

像一道冷輝，常欲越獄
自折劍後嗚咽的空匣；
當奮飛在鵬背上死
憂喜便以瞬息萬變的貓眼，在南極之南
為我打開一面窗子。

曾經漂洗過歲月無數的夜空底臉
我底臉。藍淚垂垂照着
回答在你風圓的海心激響着
梅雪都回到冬天去了
千山外，一輪斜月孤明
誰是相識而猶未誕生的那再來的人呢？

菩提樹下

誰是心裏藏着鏡子的人呢？
誰肯赤着脚踏過他底一生呢？
所有的眼都給眼蒙住了
誰能於雪中取火，且鑄火為雪？
在菩提樹下。一個只有半個面孔的人
抬眼向天，以歎息回答
那欲自高處沉沉俯向他的蔚藍。

是的，這兒已經有人坐過！
草色凝碧。縱使在冬季
縱使結趺者底跫音已遠逝
你依然有枕着萬籟
與風月底背面相對密談的欣喜。

坐斷幾個春天？
又坐熟多少夏日？
當你來時，雪是雪，你是你
一宿之後，雪既非雪，你亦非你
直到零下十年的今夜

當第一顆流星驀然重明
你乃驚見：
雪還是雪，你還是你
雖然結趺者底跫音已遠逝
唯草色凝碧。

作者謹按：佛於菩提樹下，夜觀流星，成無上正覺。

逍遙遊

北溟有魚，其名爲鯤。鯤之大，不知幾千里也。化而爲鳥，其名爲鵬；鵬之背，不知幾千里也；怒而飛……

——莊子

絕塵而逸。回眸處
亂雲翻白，波濤千起；
無邊與蒼茫與空曠
展笑着如回響
遺落於我蹤影底有無中。

從冷冷的北溟來
我底長背與長爪
猶滯留着昨夜底濡濕；
夢終有醒時——
陰霾撥開，是百尺雷嘯。

昨日已沉陷了，
甚至鮫人底雪淚也滴乾了；
飛躍啊，我心在高寒
高寒是大化底眼神
我是那眼神沒遮攔的一瞬。

不是追尋，必須追尋
不是超越，必須超越——
雲倦了，有風扶着
風倦了，有海托着
海倦了呢？隄倦了呢？

以飛為歸止的
仍須歸止於飛。
世界在我翅上
一如歷歷星河之在我膽邊
浩浩天籟之出我脇下……

焚

人，即使在歡樂中，也不能一直持續他的
沉醉；那時，他就思念痛苦了。
——戈爾奇

曾經被焚過，
在削髮日
被焚於一片旋轉的霜葉。

美麗得很突然
那年秋天，霜來得特早！
我倒是一向滿習慣於孤寂和淒清的：
我不歡喜被打擾，被貼近
被焚
那怕是最最温馨的焚。

許是天譴。許是劫餘的死灰
冒着冷煙。
路是行行復行行，被鞋底的無奈磨平了的！
面對遺蛻似的
若相識若不相識的昨日
在轉頭時。真不知該怎麼好

捧吻，以且慚且喜的淚？
抑或悠悠，如涉過一面鏡子？
傷痛得很婉約，很廣漠而深至：
隔着一重更行更遠的山景
曾經被焚過。曾經
我是風，
被焚於一片旋轉的霜葉。

燃燈人

走在我底髮上。燃燈人
宛如芰荷走在清圓的水面上
浩瀚的喜悅激躍且靜默我
面對泥香與乳香混凝的夜
我窺見背上的天正濺着眼淚

曾為半偈而日食一麥一麻
曾為全偈而將肝腦棄捨
在苦行林中。任鳥雀在我髮間營巢
任枯葉打肩，霜風洗耳
滅盡還甦時，坐邊撲滿沉沉的刼灰

隱約有一道暖流幽幽地
流過我底渴待。燃燈人，當你手摩我頂
靜似奔雷，一隻蝴蝶正為我
預言着一個石頭也會開花的世紀

當石頭開花時，燃燈人
我將感念此日，感念你
我是如此孤露，怯羞而又一無所有
除了這泥香與乳香混凝的夜
這長髮。叩答你的弘慈
曾經我是靦覥的手持五朶蓮華的童子。

蓉子詩選

我的粧鏡是一隻弓背的貓

我的粧鏡是一隻弓背的貓
不住地變換它底眼瞳
致令我的形像變異如水流

一隻弓背的貓　一隻無語的貓
一隻寂寞的貓　我底妝鏡
睜圓驚異的眼是一鏡不醒的夢
波動在其間的是
時間？　是光輝？　是憂愁？

我的妝鏡是一隻命運的貓
如限制的臉容　鎖我的豐美於
它底單調　我的靜淑
於它底粗糙　步態遂倦慵了
慵困如長夏！

捨棄它有韻律的步履　在此困居
我的妝鏡是一隻蹲踞的貓
我的貓是一迷離的夢　無光　無影
也從未正確的反映我形像

夢的荒原

這是誰的坐姿？　如此美麗的謙遜之姿！
這圓座為誰？　為妳——
愛與美的女神以及妳永恆的憂悒
就用寬闊的絲帶束我風信子的長髮
在初夏鬱悶的愛琴海上　從泡沫誕生時
因風將我吹送

一粒飄泊的微塵　一枝翠色的芰荷
如此地嚮往陸地
便是悲劇！
她坐着在此
永恆的靜姿在此　永恆的寧謐留此
當她坐於寂靜的深邃
以莊穆企求和諧

那是海嗎？　沉鬱的呼喚或是爽颯的笑靨
——海的音響永不令人厭倦
那使人厭倦的定無真正的深度

海是我底故鄉
當它譁然震響
便震起我濃鬱的鄉愁
——我怎能数說我底鄉愁！

異鄉人　異鄉人
異鄉人在此碑坐　在陽光之外
用古典的面影坐於現代
而夢千古凍結
（有夢多惆悵）
我的白衣便是我冷冷的悲劇！

深沉的痛苦亦如深沉的愛沒有聲息
（有愛多悽惶）
坐於此　我不像一至尊的神
不似一福澤的妻子
亦非那些自由來去的女僕
——我乃一不享任何權利的
渾然緘默的雕像　在此

在此靜坐
欲坐孵一室寧悅

愛卻回我以喧鬧，以猛厲　以荒謬
我將回他以掩抑不住的深憂
如此，這一切將為誰？
為誰而絢爛？　為誰而絢麗？

長窗外有青青的麥苗在俯仰
有人收穫滿筐金陽
海舒展它底笑靨　它的白浪
——當所有的美在季節活躍的時候
唯我以固體之姿　在此凍結
如同永恆

世人每羨我蓮座
不悉我常行走於荆叢
以沒有鞋子托住的跣足……

我是跣足的跣足的阿富羅底

我的額上沒有珠翠
我的耳葉沒有珍飾
——我僅白衣一襲以及
沒有鞋子托住的跣足

倘若我有一隻適足的鞋子
我將借巧匠的慧心　在後幫上
綴滿了百合花的鈴子！
每當我走動時
便因風生響
發出歡悅的叮噹
看我的長髮甚濃
我褐色的長髮太密茂如同憂愁
哦，且濯我髮於忘懷之河
且挽我髮如梳理憂愁
因我已不勝這負荷！

歲月逝去　唯我留步
我纖長的手指不為誰而彈奏
冷冷的煙霧中無有和音
在塵寰有太多的喧鬧

靜坐在此　邃鬱於此
任兀鷹棲息於我斷臂
塵囂掩我光華
我不能變換我的坐姿
因我是端淑的神

暝色移至
没有人為我點燃燈火　愛未曾準備
我常留黝暗

這是一齣未完成甚麼的悲劇
當一切已然如此堅牢地縛住我
我真怕這過重的負荷使我裂碎
而我固有的完美會磨損——
因久久乾旱而風化
或在一次猛烈的震盪中傾跌
如裂帛之驚心——
妳動人微笑遂隱熄於
夢的荒原

肖像

過往的維納麗沙
是一朶雛菊　似有若無地金黃
浸溢在晨初醒的清流之中
没有任何藻飾的原始的渾樸的雛菊。
春天的維納麗沙
是一簇鳳仙花　父親庭園內
多彩變異的鳳仙花　在肅穆的鐘架旁。

而夏日有喧鬧
黃昏有檀香木的氣息
你在雛菊與檀香木之間打着鞦韆
在過往與未來間緩緩地形成自己！

羅門詩選

第九日的底流

——獻給樂聖貝多芬

一

鑽石針劃抽象美的螺旋塔
預防建築物都要死去
螺旋塔浸浴於陽光之海　神蹟耀目
高遠以無限的藍領引　聖像升起
渾圓與單純忙於美的造型
透過琉璃窗　景物以良好的品性陳列
當永恆被打碎在都市的廊下
破片以繁複的閃光襲擊米羅的視境
世界便在一面破境中驚愕自己的失態
而在你音色輝映的塔國裡

純淨的時間仍被鐘錶的雙手揑住
萬物回到自己的本位　以可愛的容貌相視
我的心境美如典雅的枱布　置入你的透明
啞不作聲地似雪景閃動在冬日的流光裡

二

日子以晴天的藍空呼喚
陽光穿過格子窗響起和音
凝目定位入明朗的遠景
桑樹下仍有人沉思舊事
整座藍天坐在教堂的尖頂上
一個上升的存在便步入仰視
方向似孩子們的眼神於驚異中集會
禮拜日　人們愛到老牧師那裏去
　替靈魂換上一件淨衣
明知在以後六日又要弄髒它
而在你第九號莊穆的圓廳內

一切結構似光的模式，似鐘的模式
我的安息日是軟軟的海棉墊，綉滿月桂花
將不快的煩躁似血釘取出
痛苦便在纏繞的綳帶下靜息

三

眼睛被遼遠的蒼茫射傷
日子仍急以秒速去探望歲月的顏臉
院園仍用溢出牆外的繁茂攔住行人
在暗冬　聖誕紅是舉向天國的火把
人們在一張卡片上將古老的神話保存
那輛遭雪夜追擊的獵車
終於碰碎鎮上的燈光　遇見安息日
窗門似故事書打開着
在你形如教堂的第九號屋裡
爐火通燃　內容已烤得甚暖
沒有事物再去抄襲河流的急躁

掛滿壁上的鐵環獵槍與十字架
都齊以平靜協和的神色參加禮拜

四

常驚過於走廊的拐角
似燈的風貌向夜　你鎮定我的視度
兩輛車急交叉而過
悸動與慶幸囁囁不已　當我仍活着
當陽光翻過冬的冷街來探看滿園落葉
我亦被日曆牌上一個死了很久的日期審視
於昨天與明日的兩扇門向兩邊拉開之際
空濶裡　沒有手臂不急於種種觸及
「現在」仍以它插花似的姿容去更換人們的
激賞
而重疊的過去亦似方磚加高死亡之屋
以甬道的幽靜去接住鬧廳的尾聲
以新娘盈目的滿足傾倒在教堂的紅氈上

你的樂音在第九日是聖瑪麗亞的眼睛
調度人們靠入的步容

五

穿過歷史的古堡與玄學的天橋
人是一隻迷失於荒林中的瘦鳥
沒有綠色看入渴望的深度
困於迷離的鏡房　受光與暗的絞刑
身體急轉　無數紊亂的側影便陷入鏡中
片刻正對　如在太陽反射的急潮上立碑
於靜與動的兩葉黑白封殼之間
人是被釘斃在時間之書裡的死蝴蝶
禁黑暗的激流與整冬的蒼白於體內
使鏡房成為光的墳地　色的死牢
此刻你必須慌急地逃脫那些交錯的投影
去賣掉整個工作的上午與下午
然後把頭埋在餐盤裡去認出那神

而在那一剎間的廻響裡
另一雙手已觸及永恆的前額

六

將白晝改裝成夜　鏡前的死亡貌似默想的田
園
黑暗的方屋裡　終日被視不見的光看守
簾幕垂下　睫毛垂下　連顏色亦朗笑出聲
圓窗旋開　寬濶裡攔阻撤去
一種神秘光線首次穿過盲瞳
遠景以建築的靜姿而立　以初遇的眼波流注
以不斷的迷住去使一顆心陷入永久的追隨
沒有事物再會發生悸動　當潮水流過風季
當焚後的廢墟上　慰藉自閤掌間似鳥飛起
當航程進入第九日
吵鬧的故事退回海的背景
世界便展現如英格蘭古老的原野

奧古斯丁的聖目是兩條通入天國的走廊
在石階上，仰視走回莊穆
在紅氈上，腳步探入穩定

七

吊燈俯視靜廳　廻音無聲
喜動似遊步無意踢醒古跡裡的飛雀
某些影射常如物象透過鏡面方被驚視
在湖裡撈塔姿　在光中捕日影
滑過藍色的音波　風景塗上雪意
收割季前後
希望與果物同是那火燃熄的過程
許多焦慮的頭低垂在時間的斷柱上
一種刀尖也達不到的劇痛常起自不見血的損傷
當日子流失如孩子們眼中的斷箏
一個病患者的雙手分別抓住藥物與棺木
一個囚犯目送另一個囚犯釋放出去

那些默喊　厚重如整個童年的憶念
被一個陷入漩渦中的手勢托住
在夕陽典麗的儀式裡
「最後」它總是序幕般徐徐落下

八

當綠色自樹頂跌碎　春天是一輛失速的滑
車
在靜止的淵底　影子與影子無語
在眉端髮際　季節帶着驚慌的聲音逃亡
滿目闌珊　靈魂結着狼藉的煙草
困一個狩獵季在冬霧打濕的窗內
讓一種走動在鋸齒間探出血的屬性
歲月深處　腸胃仍嘶喊着老站長的旗語
仍不斷把路推向那種空濶
探首車外　流失的距離似紡線捲入遠景
汽笛就這樣棄一條飄巾在站上

讓回頭人在燈下窺見日子華麗的剪裁與縫合
沒有誰不是雲　在雲底追隨飄姿　追隨靜止
爬塔人已日漸感到頂點倒置的冷意
場散後　熱鬧便似墳花在風中落盡

九

我的島　終日被無聲的浪浮彫
以沒有語文的原始的深情與山的默想
在明媚的無風季　航程睡在捲髮似的摺帆裡
我的遙望是遠海裡的海　天外的天
俯視已深　仰觀已高
驅萬里車在無路的路上　輪轍埋於雪
雙手被蒼茫攔回胸前如教堂的門閤上
我的島便靜渡安息日
閒如收割季過後的莊園
在一面鏡中　再看不見一城喧鬧　一市燈影
星月都已跑累　誰的短靴能踩熄太陽

天地線是永久永久的啞盲了
當晚霞的流光　流不回午前的東方
我的眼睛便昏暗在最後的橫木上
聽車音走近　車音去遠　車音去遠

升起的河流

——悼詩人屈原

臉與峭壁相望　一把彎回來的劍
　要你的心房交出那條河
　　那條永遠說着故事的河
　　　在神話中昇起的河

冰層裂開的聲響裡
春天反而往下陷
春天被傾斜的太陽說不成春天
你怎樣也扳不回太陽的斜度

便將心碎成汨羅江上的浪花
　撒到最高最濶的天上去
　　成為星海

潛入最深最靜的江底
將臉貼着最清最潔的水流
　風鈴聲滑過原野
　寧靜了滿天的藍

你以光的姿式睡在銀河上
　睡成歲月
　　睡成純淨的時間之軀
　　　睡成一面鏡

戴奧尼索斯站在火的藍燄裡
蓮花開放在透明的氣流上
　芬芳到花之慈
深遠到海之心

聳高到天之頂
　遼濶到地之外
你是那聲那色那形那貌
　於千山萬水之間成為視聽
天空坐在鳥上　張望是你之目
遠方坐在廻響裡　聆聽是你之耳
你是那條在我們體裡發出水聲的河
千隻雕龍的船划入神話中的故事
萬槳之翅將你飛成永恒

拾荒者

為嗅到亮處的一小片藍空
他的鼻孔是兩條地下排水道
在那種地方　還有那一種分析學
較他的手更能分析他的明天

背起拉屎的城
背起開花的墳地
他在沒有天空的荒野上
　走出另一些雲彩來
在死的鐘面上
　呼醒另一部份歲月

都市之死

四

在攪亂的水池邊注視
搖幌的影子成不了像
急着將鏡擊碎　也取不出對象
都市　在你左右不定的反照裡
　所有的拉環與把柄都是斷的
有一種聲音總是在破玻璃的裂縫裡
　急急逃亡

人們慌忙用煙蒂播種　在天花板上收回自己
去追春天　花季已過
去觀潮水　風浪俱息
生命是去年的雪　婦人鏡盒裡的落英
死亡站在老太陽的座車上
　向響或不響的事物默呼
　向醒或不醒的世界低喊

時鐘滴答地啃着花壁上的日曆牌
碎屑如落絮鋪軟了死神的走道
指針是仁慈且敏捷的絞架
刑期看來比打鼾在墊被上的睡眠還温和
人們藏住自己　如藏住口袋裡的票根
　再也長不出昨日的枝葉
　響不起逝去的風聲
都市　在搖滾樂與朦朧的燈影裡
　　你是一頭偷吃生命不露傷口的無面獸

五

都市　白晝纏在你頭上　黑夜披在你肩上
你是不生容貌的粗陋的腸胃
消化着神的筋骨
你榮耀的冠冕　陷落在清道夫的黎明
射擊日　你是一頭掛在假日裡的死鳥
　在死裡被射死再被射死

來自荒野的餓鷹　有着慌急的行色
笑聲自入口飛起　從出口跌下
銀幕上風起風落　星現星滅
頭顱在黑暗裡交接着相同的悲劇
生命在洗滌的碗碟間收聽歲月的回音
日子急急毀於暴怒的獸聲　毀於機械的醒來
伯利恒的星光　勸不住紅綠燈爭吵的街口
美似花枱的招牌　排不成新舊約全書

霓虹廣告便成為眼睛的浴場
　去洗掉靈魂
　去洗掉牧師用禱詞繞在靈魂上的人造花
沉船日只有床與餐具是唯一飄在海上的浮木
掙扎的手臂是一串呼叫的鑰匙　喊着門
　　喊着打不開的死鎖

六

都市　在終站的鐘鳴之前
你所有急轉的輪軸折斷　脫出車軌
死亡也不會發出驚呼　出示燈號
你是等於死的張目的死
　死在食盤裡　死在煙灰缸裡
　死在埃爾佛的鐵塔下
當肺葉不再將消息傳入聽診器
當勳章排列似重疊的山景　罩着血露
天堂的門只像是畫在天上給人看的虹

神再也抓不穩建築物高昂的斜度
都市　在復活節一切死得更快
而你是剛從花轎裡步出的新娘
　是掛燈籠的初夜　菓露釀造的蜜月
一隻裸獸　在最空無的原始
一扇屏風　遮住墳的陰影
一具彫花的棺　裝滿了走動的死亡

余光中　詩選

或者所謂春天

或者所謂春天也不過就在電話亭的那邊
厦門街的那邊有一些蠢蠢的記憶的那邊
航空信就從那裡開始
眼睛就從那裡忍受
郵戳郵戳郵戳郵戳
各種文字的打擊
或者那許多秘密郵筒已忘記
圍巾遮住大半個靈魂
流行了櫻花流行感冒
總是這樣子，四月來時先通知鼻子
回家，走同安街的巷子

或者在這座城裡一泡真泡了十幾個春天
不算春天的春天，泡了又泡
這件事，一想起就覺得好寃
或者所謂春天
最後也不過就是這樣子：
一些受傷的記憶
一些慾望和灰塵
一股開胃的葱味從那邊的厨房
然後是淡淡的油墨從一份晚報
報導郊區的花訊

或者所謂老教授不過是新來的講師變成
講師曾是新刮臉的學生
所謂一輩子也不過打那麼半打領帶
第一次，約會的那條
引她格格地發笑
或者畢業舞會的那條

換了婚禮的那條換了
或者淺緋的那條後來變成
變成深咖啡的這條，不放糖的咖啡
想起這也是一種分期的自縊，或者
不能算怎麼殘忍，除了有點窒息

或者所謂春天也只是一種輕脆的標本
一張書箋，曾是水仙或蝴蝶
書箋在韋氏大字典裏字典在圖書館的樓上
樓高四層高過所有的暮色
樓怕高書怕舊舊書最怕有書箋
好遙好遠的春天，青鳥
的春天，蓋提斯堡
的春天，布穀滿天
蘋菓花落得滿地，四月，比鞋底更低
比蜂更高鳥更高，
比內戰內戰的公墓墓上的草

而回想起來時也不見得就不像一生

所謂童年
所謂抗戰
所謂高二
所謂大三
所謂蜜月，並非不月蝕
所謂貧窮，並非不美麗
所謂妻，曾是新娘
所謂新娘，曾是女友
所謂女友，曾非常害羞
所謂不成名以及成名
所謂朽以及不朽
或者所謂春天

敲打樂

風信子和蒲公英
國殤日後仍然不快樂
不快樂，不快樂，不快樂
仍然向生存進行
　　　不公平的辯論
輸掉一個冬季
再輸一個春天
也沒有把握不把夏天也貼掉
蕁麻疹和花粉熱
　　　啊嚏
噴嚏打完後仍然不快樂
而且註定要不快樂下去
除非有一種奇蹟發生
中國啊中國
何時我們才停止爭吵？

奇颺醍，以及紅茶囊

燕麥粥，以及草莓醬
以及三色冰淇淋意大利烙餅
鋼鐵是城水泥是路
七十哩高速後仍然不快樂
食罷一客冰涼的西餐
你是一枚不消化的李子
中國中國你是條辮子
商標一樣你吊在背後

總是幻想遠處
有一座驕傲的塔
總是幻想
至少有一座未倒下
至少五嶽還頂住中國的天
夢魘因驚呼而驚醒
四周是一個更大的夢魘
總是幻想

第五街放風箏違不違警
立在帝國大厦頂層
該有一枝簫，一枝簫
諸如此類事情
總幻想春天來後可以卸掉雨衣
每死一次就蛻一層皮結果是更不快樂
理一次髮剃一次鬍子就照一次鏡子
看悲哀的副產品又有一次豐收
理髮店出來後仍然不快樂
中國中國你剪不斷也剃不掉
你永遠哽在這裏你是不治的胃病
——蘆溝橋那年曾幻想它已痊癒
中國中國你跟我開的玩笑不算小
你是一個問題，懸在中國通的雪茄煙霧裏
他們說你已經喪失貞操服過量的安眠藥說你
　不名譽
被人遺棄被人出賣侮辱被人強姦輪姦輪姦

中國啊中國你逼我發狂
華盛頓紀念碑，以及林肯紀念堂
以及美麗的女神立在波上在紐約港
三十六柱在仰望中昇起
拱舉一種泱泱的自尊
皆白皆純皆堅硬，每一方肅靜的科羅拉多
一吋也不屬於你，步下自由的台階
白宮之後曼哈呑之後仍然不快樂
不是不肯快樂而是要快樂也快樂不起來
蒲公英和風信子
五月的風不為你溫柔
大理石殿堂不為你堅硬
步下自由的台階
你是猶太你是吉普賽吉普賽啊吉普賽
沒有水晶球也不能自卜命運
沙漠之後紅海之後沒有主宰的神

四巷坦坦，超級國道把五十州攤開
這是一九六六，另一種大陸
三千哩高速的暈眩，從海岸到海岸
參加柏油路的集體屠殺，無辜或有辜
踹踏雪的禁令冰的陰謀
闖復活節闖國殤日佈下的羅網
方向盤是一種輪盤，旋轉清醒的夢幻，向芝
　加哥
看摩天樓叢拔起立體的現代壓迫天使
每一扇窗都開向神話或保險公司
乳白色的道奇
風的梳刷下柔馴如一匹雪豹
飛縱時餵他長長的風景
餵俄亥俄和印第安納餵他艾文斯敦
這是中西部的大草原，草香沒脛
南風漾起萋萋，波及好幾州的牧歌

麵包籃裏午睡成千的小鎮
尖着教堂，圓着水塔，紅着的農莊外白着柵
　欄
牛羊仍然在草葉集裏享受着草葉
嚼苜蓿花和蘋菓落英和玉米倉後偶然的雲
打一回盹想一些和越南無關的瑣事
暗暗納悶，胡蜂們一下午在忙些什麼
花粉熱在空中飄盪，比反舌鳥還要流行
半個美國躲在藥瓶裏打噴嚏
在中國（你問我陰曆是幾號
我怎麼知道？）應該是清明過了在等端午
整肅了屈原，噫，三閭大夫，三閭大夫
我們有流放詩人的最早紀錄
（我們的歷史是世界最悠久的！）
早於雨果早於馬耶可夫斯基及其他
蕩蕩的麵包籃，餵飽大半個美國
這裏行吟過惠特曼，桑德堡，馬克吐温

行吟過我，在不安的年代
在艾略特垂死的荒原，呼吸着旱災
老⿰鼠兒死後
草重新青着青年的青青，從此地青到落磯山下
於是年輕的耳朶酩酊的耳朶都側向西岸
敲打樂巴布·狄倫的旋律中側向金斯堡和費
靈格蒂
從威奇塔到柏克麗
降下艾略特
升起惠特曼，九繆思，嫁給舊金山！
這樣一種天氣
就是這樣的一種天氣
吹什麼風升什麼樣子的旗，氣象臺？
升自己的，還是衆人一樣的旗？
阿司匹林之後

仍是咳嗽是咳嗽是解嘲的咳嗽
不討論天氣，背風坐着，各打各的噴嚏
用一條拉鍊把靈魂蓋起
在中國，該是呼吸沉重的清明或者不清明
蝸跡燐燐
菌子們圍着石碑要考證些什麼
考證些什麼
考證些什麼
一些齊人在墓間乞食着剩肴
任雷殛任電鞭也鞭不出孤魂的一聲啼喊
在黃梅雨，在黃梅雨的月份
中國中國你令我傷心
在林肯解放了的雲下
惠特曼慶祝過的草上
坐下，面對鮮美的野餐
中國中國你哽在我喉間，難以下嚥

東方式的悲觀
懷疑自己是否年輕是否曾經年輕過
（從未年輕過便死去是可悲的）
國殤日後仍然不快樂
仍然不快樂啊頗不快樂極其不快樂不快樂
這樣鬱鬱地孵下去
大概什麼翅膀也孵不出來
中國中國你令我早衰

白晝之後仍然是黑夜
一種公式，一種猙獰的幽默
層層的憂愁壓積成黑礦，堅而多角
無光的開採中，沉重地睡下
我遂內燃成一條活火山帶
我是神經導電的大陸
飲盡黃河也不能解渴
捫着脈搏，證實有一顆心還沒有死去
還呼吸，還呼吸雷雨的空氣
我的血管是黃河的支流
中國是我我是中國
每一次國恥留一塊掌印我的顏面無完膚
中國中國你是一場慚愧的病，纏綿三十八年
該為你羞恥？自豪？我不能決定
我知道你仍是處女雖然你被強姦過千次
中國中國你令我昏迷
　　　　　何時
才停止無盡的爭吵，我們
關於我的怯懦，你的貞操？

為免後人矇瞽詮釋，自註字句出處如左：

①國殤日 Memorial Day，五月三十日，即美國陣亡將士紀念日。

②不公平的辯論，美詩人費靈格蒂戲劇集。

空山松子

一粒松子落下來
沒一點預告
該派誰去接它呢？
滿地的松針或松根？
滿坡的亂石或月色？
或是過路的風聲？
　說時遲
　那時快
一粒松子落下來
被整座空山接住

夜深似井

夜深似井
盡我的繩長探下去
怎麼還不到水聲？
蠢蠢的星子羣
沿着苔壁爬上來
好慢啊
只怕還不到半路
井口就一聲叫
天亮了

公無渡河

公無渡河，一道鐵絲網在伸手
公竟渡河，一架望遠鏡在凝眸
墮河而死，一排子彈嘯過去
當奈公何，一叢蘆葦在搖頭
一道探照燈警告說，公無渡海
一艘巡邏艇咆哮說，公竟渡海
一羣鯊魚撲過去，墮海而死
一片血水湧上來，歌亦無奈

鄭愁予 詩選

錯誤

(我打江南走過
那等在季節裏的容顏如蓮花的開落)

東風不來，三月的柳絮不飛
你底心如小小的寂寞的城
恰若青石的街道向晚
跫音不響，三月的春帷不揭
你底心是小小的窗扉緊掩

我達達的馬蹄是美麗的錯誤
我不是歸人，是個過客……

草履蟲

落過一次紅葉，小園裏的秋色是軟軟的
那原生的草履蟲，同其漂蕩着，是日影和
　藍天
閒下來，我數着那些淡青的鞭毛
欲撿拾一枚，讓它划着
划進你的 Album
這是一枚紅葉，一隻載霞的小舟
是我的渡，是草履蟲的多槳
是我的最初

下午

啄木鳥不停的啄着，如過橋人的鞋聲
整個的下午，啄木鳥啄着

小山的影，已移過小河的對岸
我們也坐過整個的下午，也踱着
若是過橋的鞋聲，當已遠去
遠到夕陽的居處，啊，我們
我們將投宿，在天上，在沒有星星的那面

允諾

誰識！西風與落葉輕微的一觸
愛在草叢仰臥的絕症人
誰辨！草絲與髮絲，衣裳與泥土。

那人，他來自遠方，在遠方友人的農場
晒最後一個秋季的陽光
他便是那一觸的允諾
便疑似覆蓋，疑似灰揚
疑似他在遠方靜靜地睡熟……

生命

滑落過長空的下坡，我是熄了燈的流星
正乘夜雨的微涼，趕一程赴賭的路
待投擲的生命如雨點，
在湖上激起一夜的迷霧
夠了，生命如此的短，竟短得如此的華美！

偶然間，我是勝了，造物自迷于錦繡的設局
畢竟是日子如針，曳着先濃後淡的彩線
起落的拾指之間，反綉出我偏傲的明暗
算了，生命如此之速，竟速得如此之寧靜

一〇四病室

——有一次在閒話中談到還鄉的方式，
因子豪是四川人，我建議說：「拉
縴回去」

藤猶在身　便桅也似地
瘦見了年輪　終成熟於小枝
妹子　吮吮擷的手指吧

莞然於冬旅之始
拊耳是辭埠的舟聲
來夜的河漢　一星引縴西行
回蜀去　巫山有雲有雨

且蒐羅天下名泉
環立四隣成為釀事
妹子　總要分住
便分住長江頭尾
那時酒約仍在　在舟上
重量像仙那麼輕少

清明

我醉着，靜的夜，流於我體內
容我掩耳之際，那奧秘在我體內迴響
有花香，沁出我的肌膚
這是至美的一剎，我接受膜拜
接受千家飛幡的祭典

星辰成串地下垂，激起唇間的溢酒
霧凝着，冷若祈禱的眸子
許多許多眸子，在我的髮上流瞬
我要回歸，梳理滿身滿身的植物
我已回歸，我本是仰臥的青山一列

天窗

每夜，星子們都來我的屋瓦上汲水
我在井底仰臥着，好深的井啊。

自從有了天窗
　就像親手揭開覆身的冰雪
　——我是北地忍不住的春天

星子們都美麗，分佔了循環着的七個夜，
而那南方的藍色的小星呢？
源自春泉的水已在四壁間蕩着
那叮叮有聲的陶瓶還未垂下來。

啊，星子們都美麗
而在夢中也響着的，祇有一個名字
那名字，自在得如流水……

情婦

在一青石的小城，住着我的情婦
而我什麼也不留給她
祇有一畦金線菊，和一個高高的窗口
或許，透一點長空的寂寥進來
或許……而金線菊是善等待的
我想，寂寥與等待，對婦人是好的

所以，我去，總穿一襲藍衫子
我要她感覺，那是季節，或
候鳥的來臨
因我不是常常回家的那種人

知風草

晚虹後的天空，又是，桃花宣似的了
被裱褙的亂雲，是寫在
信風上的書法，我猶存
受贈者的感覺，猶記簷滴斷續地讀出
而結束於一聲鼓……那夕陽的紅銅的音色

小窗，郵箱嘴般的
許多永晝，題我的名投入
（是題給蟹生花序的知風草吧？）而
驚蟄如歌，清明似酒，惟我
卻在穀雨的絲中，懶得像一隻蛹了

裸的先知

與一艘郵輪同裸於熱帶的海灣
那鋼鐵動物的好看的肌膚
被春天刺了些綠色的紋身

我記得，而我什麼都沒穿
（連紋身都沒有）
如果不是一些紅緹木的陰影
我會被長羽毛的海鳥羞死

我那時，正是個被擲的水手
因我割了所有旅人的影子用以釀酒
我看不起那些偽蓋着下肢的過客
在世上留下太多的子女
啊，當春來，飲着那
飲着那酒的我的裸體便美成一支紅珊瑚

窗外的女奴

方窗

這小小的一方夜空，寶一樣藍的，有着東方光澤的，使我成為波斯人了。當綴作我底冠飾之前，曾為那些女奴拭過，遂教我有了埋起它的意念。祇要闔攏我底睫毛，它便被埋起了。它會是墓宮中藍幽幽的甬道，我便携着女奴們，一步一個吻地走出來。

圓窗

這小小的一環晴空，是澆了磁的，盤子似的老是盛着那麼一塊雲。獨餐的愛好，已是少年時的事了。哎！我卻盼望着夜晚來；夜晚來，空杯便有酒，盤子中出現的那些……
……那些不愛走動的女奴們總是痴肥的。

卍字窗

我是面南的神，裸着的臂用紗樣的黑夜纏繞。於是，垂在腕上的星星是我的女奴。神的女奴，是有名字的。取一個，忘一個，有時會呼錯。有時，把她們攬在窗的四肢內，讓她們轉，風車樣地去說爭風的話。

盛裝的時候

我如果是你，我將在黑夜的小巷巡行
常停於哭泣的門前，尋找那死亡
接近死亡，而將我的襟花插上那
方才冷僵的頭顱
我是從舞會出來，正疑惑
空了的敞廳遺給誰，我便在有哭聲的門前

那門前的階上靜候，新出殼的靈魂
會被我的花香買動，會說給我
死亡和空了的敞廳留給誰
我願我恰在盛裝的時候
在有哭泣的地方尋到
尚未冥化的靈魂
我多麼願望，卽使死亡是躍向地獄

林泠詩選

阡陌

你是橫的，我是縱的
你我平分了天體的四個方位

我們從來的地方來，打這兒經過
相遇。我們畢竟相遇
在這兒，四週是注滿了水的田隴

有一隻鷺鷥停落，悄悄小立
而我們寧靜地寒暄，道着再見
以沉默相約，攀過那遠遠的兩個山頭遙望
（——一片純白的羽毛輕輕落下來）

當一片羽毛落下，啊，那時
我們都希望——假如幸福也像一隻白鳥——
它曾悄悄下落。是的，我們希望
縱然它們是長着翅膀……

女牆

曾經如此地對它寄予希望
走在那陰影下
我只是一個人

這回，我第二次來
第二次，不再夢想遼濶了
我背着手，從這一頭踱到那頭
我在想——
這麼細的繩索，能拴住一個城市麼？

崖上

聽說這是個古跡，我來到這裏
別說我是唐突的客人，邀請我來的
是那塊默然立着的岩石，這兒的主人
和
不佔空間也沒有重量的微塵
我們同是被人間所忽略的

因此，我不寂寞，當我造訪崖上
當我知道，我還有我的夥伴——
我們同是被人間所忽略的

星圖

從這兒數過去

七倍的距離，向南——
啊，那就是啦。那是一顆
傳說已久的，還未命名的星星

我是第一個發現的水手
夢土的開拓者
那確定它底存在的，不是觀察，不是預言
而是我詩句織就的星圖

此刻，像引渡的聖者一樣
我正對着迷惘的人世說：
從這裏數過去，
七倍的距離，向南……

故　事

在黑黝黝的山路上走着
一個故事開始了，
開始在塞外草原上的小溪邊
該也是一個夜晚罷，像今晚一樣的
噢，我還知道有一點共同
那份故事的美麗，是只屬于
愛打着赤腳走路的人的

月亮這樣好，今夜
在天國，聽說一切美好的都完整了
而我們是平凡的人，只想到一個
發生在久久以前的故事和一隻不復完全記憶
的歌

哎，就真是故事和歌罷
我多希望你突然沉默，不再繼續
（雖則我喜歡你的聲音）
好讓美麗的故事永遠沒有結束……

送行

那掛上紅燈馳來的
是最後的一班車
你輕輕躍上去，不要回頭
我看得見你的影子

真奇怪啊，為甚麼冬天竟會不冷
為甚麼，一份聯想永不能被分割
縱然那懸着紅燈的車已駛來，載你離開
而我的歸途上，雨落着
有人豎起大衣的領子……

狄卡馬隆夜談

輪到我的故事了，戀的故事——
（戀是謝幕的歌者，隱去
在悠悠地結束那支卽興曲後）

這時，我只扯下燈罩的流蘇，打着
　一個奇怪的結……
他們搜索着我的眼，那些浪蕩的夥伴們，時
　而默想
然後撤離，向我們窗外七月的星空
一如清晨搗衣的女子，
戚然地離開夜雨後的井湄
（沒有人想起世界上還有第二支燭）
這時那大嘴的掘墓人哭了，油然地憶及鮮牛
　奶的往日
我們的門牆也倚斜了，被阿剌伯歸來的販
　馬者……
而斷了腿的那軍曹，偶然想起一支未完的夜
　曲
便取下城堡的槍，向昏濛的月亮射擊……

七重天

七重天啊，在白色的傘蓋下，他的額際開展
如草原，收集着，從一個神奇的面上沁出
的，七月的晴朗

而戀人們的心，總是長着淺淺的苔
　總是潤濕，啊，那日子，總是「曇」
七月是另一個星系秩序的輪廻
拂曉相遇，傍晚別離
而白晝是這樣靜靜地渡過，為着
爭論熱帶風信子的顏色，和偶然記不清的樂
　句一小節

菩提樹

是我使它蒼老的，那株菩提。
我刻上十字，要自己記住
每一個，是一次回顧。

小徑的青苔像銹，生在古老的劍鞘上；
而被我往復的足跡拂去，如拂去塵埃。
阿坡羅已道別了，他正忙碌地收拾
那樹隙間漏下的小圓暈。
一切都向後退卻，哎，
這兒的空曠展得多大呀，
它們都害怕我，
說我孤獨。
我慢慢向菩提樹走近
那蔭影已被黑暗撤去了，
我背倚樹身站立，感覺泥土一般的堅實和
　力。

太空正流過一隻歌——好長的曲調啊！
我在想，該怎麼結束一個等待呢？
我閉上眼睛，用刀刮去那些十字……

未竟之渡

你張望什麼，你迎風立在船頭
操舟的漢子底　示意的神色？
十二月的港漲潮在午夜，
啊，你！　你該注意
我們渡船的兩盞紅綠燈在移近，
　你該注意
我們渡船的方向在轉變……
你是憂戚這未竟之渡麼？
你是張望未來的風暴麼？

我們遠離的淺水碼頭，那兒正燈火輝煌
我們已遠離了的——航程里的一切啊！
而我不懂你的憂戚。

微悟

——爲一個賭徒而寫

在你的胸臆，蒙的卡羅的夜啊
我愛的那人正烤着火
他拾來的松枝不夠燃燒，蒙的卡羅的夜
　他要去了我的髮
　　我的脊骨……

不繫之舟

沒有什麼能使我停留

——除了目的

縱然路旁有玫瑰，有綠蔭，有寧靜的港灣
我是不繫之舟

也許有一天
太空的遨遊使我疲憊
在一個五月的燃着火焰的黃昏
我醒了
海也醒了
人間與我們重新有了關聯
我將悄悄地從無涯返回有涯，然後
再悄悄地離去……

啊，也許有一天——
意志是我，不繫之舟是我
縱然沒有智慧，
沒有繩索和帆檣……

林亨泰 詩選

秋

雞，
縮着一腳在思索着。
而又紅透了雞冠。
所以，
秋已深了……

冬

以霧之白的心
以單細胞動物之白的行為

在這結晶體的早晨——我
敲響了你那原生質的鐘

覓

嘴饞的鴨，
貪着月明，
向骯髒的水溝，
整夜不眠的
唼喋着，嗾着
嗾着，又唼喋着……

國畫

在故事的草叢裡
古人們的蛋
孵化了

大霧中
（葡萄酒味極濃）
山河也都醉

留着鬍子
握着手杖的
仍然嚼着泡泡糖……

擁擠

我擁擠
在車上
而心碎了……

但，
馬路上，

更是擁擠的。
所以，
何處？
有我下車的地方？

回憶 No. 1

短的心之匆匆
伴着喧嘩的一團
不值得記憶的記憶
在錦織上叮叮噹噹
色彩滾滾轉轉……

回憶 No. 2

記憶
在夜裏，
是沒有脚的
液體……
朦朧的圖案啊！
亂舞，
　波紋，
倒垂，
　波紋。
朦朧的圖案啊！
黑的，
　埋沒。
紫的，
　漂流。
朦朧的圖案啊！

夏菁詩選

雨中

只為了遠遠的一絲光，
一閃笑靨，一顆願望，
或久藏在心窖裏的一鏤
友情。我們奔走在雨中。
讓脊髓如蛇般氷涼，
（額骨落下了簷滴，）
讓雨景掛在別人的牆上。

在雨中，我們內裏的爐火
頻臨熄滅，體温的水銀柱
在渴望某種心靈的燃料。
在雨中，煩惱降下了
雨的青絲，憂鬱昇起
遠山的面幕。
雖然，我們知道：
這些都是暫時的。

那些為了温暖的片刻
捱受整冬的風雪，
為了看一顆無名星
失足在斷崖的人，
值得我們尊敬。

那些想在雨中跳恰恰
怕沾污了羽毛；
想展覽思想的傑作
怕缺少知音；
欲炫耀金幣

又怕發綠的人，
　值得我們憐憫。

在這世紀的風雨中，
等待陽光原是一種虐待。
飲清醒的歲月，更需自制。
我們不禁要問：
「這暫時的風雨，
會籠罩我們忍受的一生？」

在雨中，我們咒咀左腳，
安慰右腳。俯視現實的泥沼，
頻盼空中的幻景。
雖然，我們知道：
這些都是暫時的——
就像那虹。

石柱

厭倦於誇張的曲線，
厭倦裝飾的喧嘩，
以及流行的纖巧的建築；
我的目光忽被這一列石柱，
長長的、美學上樸實的線條
所吸引了。

以它典雅的垂下，
以它莊嚴的昇華；
以它的苦修和節制，
穩重和矜持。
與那種永世的犧牲——
頭戴沉沉的青天，
身披一宇宙的風雨和寒冷。

它們矗立如高僧的嶙峋，
在祈禱中忽然死去。
現在只有修女的靈魂
在身旁踽踽穿行。

不敢哼出一句搖滾樂。
當想起冷落的孟德松和海登。
也不敢放肆地高聲談笑，
只想起柏拉圖低低的語聲。

數千年來，從雅典明朗的早晨，
到撒哈拉廢墟的黃昏。
太陽的目光，和我現時一樣，
深深地被這些白袍的巨人所吸引。

池邊塑像

抬頭瞥見，水池邊
一尊愛神的塑像。

它沐着冬日淡淡的陽光，
似剛從愛琴海裏起來。
帶一分自賞，帶一分吃驚，
突然是殘斷的永恒。

再也無法繼續看書；
每當我低頭時，
遠遠有一對盲目圓睜。

更屏息着，
不敢吐一句頌詩，

恐傳來竊竊的笑聲。

它的光輝如初雪，
我的心，像冬夜的麻雀
深藏在卑怯的稻草裏。
當我以吞食禁果前的目光
觀看它時——
生命忽超越，
時間已不在，
我頓返回伊甸園
　第七日的一尊塑像。

吳望堯 詩選

秋之魔笛

是誰的聲息？在秋穹吹響天籟的魔笛，
　使驚惑的宇宙，在一夜間變色，
變色？更替了翡翠的、玲瓏的草葉，
　而注入瑪瑙、琥珀、紅寶石的血液，
但遊盪的秋雲，漸漸濃似畫家的潑墨，
　沉重如鉛塊，馱不起格外圓大的秋月，在
　　神奇的魔笛聲中，
　　　墜落如片片黑色的樹葉。

是誰的魔笛？在河上和起秋水的長弦，
　孕育着金黃的夏日 逝去，　不可挽回的嗚咽，

嗚咽？閃起陣陣零亂似冰花的詩之韻腳，
　反映在迷濛的黯空，像一串穿不起的珠鍊
但瀕近的秋聲，裹不住多夢的秋夜，
於是，夜，撑滅了銀色的宮燈，
　在魚肚白的東天，
　失神的太陽再度上升……

上昇的白色

走不完廿世紀宇宙城裏繁華的大街
猜霓虹燈變幻着光之謎　紅和綠的競奏
　在空間　夜總會的爵士樂之波浪翻舞着
黑人小喇叭的尖音　彩色的玻璃碎片
刺破夜之燃燒着的紅心
　　血血血血血血　血血血
濺起　瘋狂的紅血球和白血球跳着曼波舞

旋轉的反光球吊在半空　射出銀河系的光彩
龐大的火焰柱跨過熱鬧的十字路
香檳和酒精混和着夜巴黎和可倫香水的媚眼兒
有人哭泣着
　在象牙的空心塔裏找尋時間的骨骸
純鋼的手錶溶化了
留下廿一顆紅寶石的捨利子
新的彩色在鐵絲和螺釘中誕生
畢加索點點頭　畫一張速寫
　　印象呢　白色上昇着
電線桿的陰影是許多魚
　　　驚慌這宇宙的末日
但地球僅轉了九十度的直角彎
沙克士風嗚咽着　說聲音被寒流凍結成冰了
而少年人狂笑着　猜出了霓虹的謎

火燄球搔一搔頭皮又轉回熱鬧的十字路口
反光球旋轉得使自己頭暈　黑人的喇叭聲裏
時間被燒成骨灰　飛起　飛起
　印象呢
白色上昇着　白色
上昇
着

乃有我銅山之崩裂

乃有我銅山之崩裂了
你心上的洛鐘也響着嗎？
復活的是朶黑色之花又埋葬於……
啊！泥濘的路上是蹄痕猶新的
而請你勿再點燃這旅店中青青的燭火
我心在高原；臉上有風雪的陰影
看時間的白馬嘶鳴着，我去了

你又何不收拾起將流的淚顆
卽使有委曲，也莫在冷冷的路上哭泣
廻最後一眸於妳鬢邊的小銀鈴上
因為它召喚我；以如此輕柔的聲音
但我再不敢偷窺妳的眼，今夜
還是拾一串記憶，聽風的耳語
如一個流浪人彳亍於陽光外的古城
而濃霧四起，銅山崩裂了……

白萩詩選

夕暮

所有的光輝逐漸收斂。夕暮
在那高擁的嵐雲後，垂落眼簾
你觀望，在無形的急逝中
投入這一片蒼茫的莫名的時刻

往昔的一切，現在與未來
讓它靜止，就如停息在你面頰上的一片夕陽
你感到所追求的是那麼廣大無際
而現在讓你輕易地將它觸及

於是你不再尋求這天地間對你有何關聯
活過，愛過，一切生長都把眼簾垂落
讓光輝散入無語的河中流入蒼冥……。

仙人掌

眼光移過
　在
那喘着氣的
被熱情燒燥了的
　　荒漠的
　　　胸
　　脯
　上
　　我逃避
我的丈夫
又舉起多毛的手
　　向我的腰摟來

流浪者

望着遠方的雲的一株絲杉
望着雲的一株絲杉
一株絲杉
絲杉
在
地
平
線
上
一株絲杉
在
地
平
線
上

他的影子，細小。他的影子，細小
他已忘卻了他的名字。忘卻了他的名字。祇
站着。祇站着。孤獨
地站着。站着。站着
站着
向東方。
孤獨的一株絲杉。

昨夜

昨夜來去的那一個人，昨夜
述說着秋風的凄苦的
那一個人，昨夜
以水波中的

月光向我
微笑的
那人
以落葉
的腳步走過
我心裏的那一個人
昨夜用貓的温暖給我愉快的
那人

唉，昨夜來去的那一個人，昨夜
的雲，昨夜來去的那一個人。

樹

我們站着站着站着如一支入土的
樁釘，固執而不動搖
噢，老天，這是我們的土地，我們的墓穴
卽使把我們鋸成一段段一片片
無止境的驅迫
這是我們的土地，我們的墓穴
把我們處刑成為一支支火把
燒爛每一個呼喊的毛細孔
仍以頑抗的爪，緊緊的攫住
這立身之點
這是我們的土地，我們的墓穴

秋

在那年年相同的面孔中。好像
我們已活過幾千年的愛情。秋天
還是一樣的秋天。那些豆芽黃的
面孔被戰爭的輪追逐的腳
我們像一條鮮活的魚在敗壞

敗壞敗壞敗壞敗壞敗壞敗壞

在世界的深淵，那遠望的低陰的
天空像負累喘喘的孕婦的肚皮
年年相同的面孔，我們已經活過了幾千年
唉，那些鐵鞋在輪姦着我們希望的妻子

我們像一座被遺棄在路邊的屋子
空望着門前的路沒入遙遠的前方

夐虹詩選

贈

焚身於一片水光
用蛾的垂首，化灰
在那湛淨中我必然要消失
好像從我的心中，你堅要把自己移走

瓶

其上你無憂愁，汲水的瓷瓶
在案上如在古代，如在冷冷泉邊，
你無憂愁，你飲其中甘冽
又在深林，千萬片葉面欲滴着透明

散步過此，你用瓶汲引清液
詩一一形成
隨時傾注，樂聲不住地拍動薄翅
我在其中，我是白羽
案上列滿期待，一如岸上
你凌涉重重的時光前來
取走那瓶

慷

凝定在紙上，神的默思
看我把它畫成斑斑的桃花
當我遮去七首
他靜默如一面華采的青石

秋風中，我聽到滴血的清音
時光也被感撼，成微塵不染的透明
使走過的路
繞成花苑
　只用那奇妙的感應呵
連接未到的世界
看那靜默的贈獻
滴瀝又凝在斷簡
如我的詩
如黃昏燃着的蠟燭

白鳥是初

而不退潮的念在
鳥，你雕像的四周昇起

而距離是隻太長的手臂
撒下網，網住一九五七
我們的初遇

那無窮白正成熟着完美
豐盈着生命。從南方的晨裏走來
一株小草，在足邊
（而許多小草也是如此的）
為它的未定的方向顫慄
所以神，我選擇了你
　從南方的晨

永恆必要地存在
在極地的白裏
而雕刀說
用你堅定的立姿
紀念那藏放我的柔弱的心——

註：白鳥，代表着我至遠至美的憧夢，那幾乎是不可追尋的幸福。孩提時，我常夢見白鳥，體態嬌小，翎羽瑩潔，靜靜地跳躍於桂樹的細枝間；葉蔭使空氣變得清冷。這一直是我最珍愛的秘密。謹以此詩贈給藍。

生

黃黃的一畦菜花在
紗簾外面搖動
陽光
騎單車的小孩
一點也未覺生的可喜
除非重重的
病後

逝

讀完了一朶小白花的遺書，
扁柏樹說：也飄到青草上了，我的絲帕
那曾在三月的白鷺鷥的頸柱上做夢的
我的絲帕，飄到青草上了。

而朋友，誰失蹤了，誰死去了，
更誰在三月沒有了消息？
我的葉網吹過許多聲早安——扁柏說，
但不知絲帕在那裏，
不知愛做夢的陌生人在那裏。
讀完了一朶小白花的遺書，
青草上有人哭泣……

薛柏谷 詩選

逃亡

——我逃自一位不曾熟悉的朋友的婚宴

而雨珠，啊，雨珠
帶着凛冽滑過冬季
那雨天的空中
那好幻思的男子走過
水濕的繁街，頃刻之間
他已經逃逸，或許已經融去
在街上，黃橙綠藍紅紫青的
雨水

那好幻思的男子，或許在白晝

逃亡自教堂祈禱的時間
他也受難痛苦
一如我主耶穌

他　現在已經走過水濕的
街上——流着紅橙綠藍黃紫青的雨水
他　且以不安的腳步
蹣跚跑過雨的街上
還遲疑。他望着明日
像一隻鹿，以及
牠的可愛的頭，以及
牠的枝狀的犄角，而逃亡
在街上的，雨之林

夜

冷冽化去了岩石
你未死的只是一股暗夜裡的潮流
夜之深，有千潯的陰影
沉下的是我，是寂寂的斷鏈鐵錨
風鳴着。
冷絹裹覆她的屍體
那逝去的愛便是都城裡冷冽的光
我讀這 episode 永恆
而潮流躺過矽砂，以及小卵石的河床
是這麼緩緩的啊。

未死的是你
播散她微微温的稻花之香
未死的是你，鳴響的風啊，這般
僅那未死的神曲，發自沉鐘。
我讀這 episode 永恆
閃爍閃爍的是燈光，是躺在她胸膛細串的項鍊

流水移過，自我身上
而風鳴着
（那風擁吻着夜的豐滿的軀體）
（那風擁吻着夜的豐滿的軀體）
而我在這大蘭花的花房，暝思在其中

聖誕紅

一盆素燒瓦盆的聖誕紅
燃燿在冬日的陽光底下，陽臺之上
這是生命，又一次我認識的。
當自冬日的午寢醒來，看見那
　陽光蒼白
　陽光伸長
　　在寂悄的室內。
他這般光輝映耀
在壁上，像
那瑪利亞的畫像：她的微笑
和她的雙眸關注
那鮮美肌膚的嬰兒，匍匐着
在芝草上，散遍
　小朵小朵的花
　寂寂的美

春季以後

自從春節第一個日子以後
逐漸成熟的太陽使我們的心靈變得敏銳
在每一個曇天略透緋陽的日子
　　一定也有一叢叢寂寞
但我們還是聽見，聽見了
　　那聲音
在四月夜晚的水泉旁邊

這般忽起，忽落地流露許多意念
紙鳶一般地飄颻，飄颻

午寢醒來，你覺得暈眩
但清醒得能夠感到胸脯的起伏，你肯定確實
得
像摸觸到雲層蒼白之後
一顆温暖的太陽

夜闌以後，在靜靜的植物園裡，你
倚靠着夜，就像倚靠着一株
巨大仙人掌枝，你覺得
這地方在上升，城市和樓房離我們這般遙遠
點點的燈火閃爍，但羅列着遠去，遠去
依稀，你還能聽見那聲音，並且就朝向它
你正像一個墨西哥人，現在，你戴着濶緣草帽
騎着馬，踏過沙礫走在

一株，又一株
矗立的許多
仙人掌之中

入夏以後

至於我，我可寧願我的心是綻裂了
它是如此可愛，燦麗多彩的，在那綻裂之中。
——「石榴」D‧H‧勞倫斯

而就是所謂心靈，他也能向你展示
他的多彩虹的季節；展示，以他曼妙的躍動
在初夏的午後，陽光底下
像一株尤加利樹閃爍着點點的光的一羣
瞬卽飛逝，但瞬卽飛返
他這樣

以他濃綠的繁葉，展示，向你，在疾馳的風
　裡
　　　　　　　　而現在
我的手裡緊握了一粒
　　　　一粒熟透了的蕃茄
你卻不知她將以什麼神性把你的感性把捉了
　　　　　　　　直至
當你在寂寞之中，聽到他如烈風之歌
鼓翼飛馳，在你腦際，直至
當你在烈風之中，
感到你的生命的渾厚，堅定
　如一廊柱，矗立而不欲有所多言……
於是你當能感知
　……………
而我已經多時凝神認看了太陽
在午後，在風裡，在屋頂，倚近鴿巢

洛夫詩選

水與火

寫了四行關於水的詩
我一口氣喝掉三行
另外一行
在你體內結成了冰柱

寫了五行關於火的詩
兩行燒茶
兩行留到冬天取暖
剩下的一行
送給你在停電的晚上讀我

秋來

連招呼也不打一聲
驚見一片偌大的麵包樹葉
迎面飛來
我伸雙臂托住
奮力上舉
它泰山崩落之勢壓將下來
我聽到輕微的一聲
骨折的聲音
好威風啊
那步步進逼我輩的歲月

石室之死亡

一

祇偶然昂首向鄰居的甬道，我便怔住
在清晨，那人以裸體去背叛死
任一條黑色支流咆哮橫過他的脈管
我便怔住，我以目光掃過那座石壁
上面卽鑿成兩道血槽

我的面容展開如一株樹，樹在火中成長
一切靜止，唯眸子在眼瞼後面移動
移向許多人都怕談及的方向
而我確是那株被鋸斷的苦梨
在年輪上，你仍可聽清楚風聲，蟬聲

二

凡是敲門的，銅環仍應以昔日的煊耀
弟兄們俱將來到，俱將共飲我滿額的急躁
他們的飢渴猶如室內一盆素花
當我微微啓開雙眼，便有金屬聲

叮噹自壁間，墜落在客人們的餐盤上
其後就是一個下午的激辯，諸般不潔的顯示
語言只是一堆未曾洗滌的衣裳
遂被傷害，他們如一羣尋不到恆久居處的獸
設使樹的側影被陽光所劈開
其高度便予我以面臨日暮時的冷肅

秋日偶興

那會是另外一個人的聲音嗎？

總在雨後
總在鐘聲輕輕推開寺門的時候
澗水邊
一朵山花
在一瓣瓣剝自己的臉

這座山的名字也叫做悠然？
可能是
否則
為甚麼那遊客撩起雲絮
如撩起他的袍子

午後無風
戴紅帽子的測繪員
從三腳架的鏡子裏看到
白鷺
飛成一句話

金龍禪寺

晚鐘
是遊客下山的小路

羊齒植物
沿着白色的石階
一路嚼了下去

如果此處降雪

而只見

一隻驚起的灰蟬
把山中的燈火
一盞盞地
點燃

水中的臉

竟然
不相信自己的體温，我把
雙掌伸入水中

十指輕揮
池面的臉，便一片片
嘩向四岸
月光
在哀傷的另一端

俯首池面
我的臉以水發聲
而鼻子
問號似的虛懸着
於今，長安酒樓上的月亮
是種甚麼樣的顏色？
答案
在空白的另一端

水中的面容就是早歲
早歲的自己？問着問着

一株水仙躍起向我撲來
順手抓去
撈起的竟是滿把皺紋
我出神地望着
池中那座舉起一隻精巧小鷄鷄的
天使

而茫然
在時間的另一端

屋頂上的落月

四樓屋頂上
月亮
以三五種晦澀的姿式下沉
甚至於
甚至於白晝的浮塵，亦
令人苦思不解

而，比秋寒更重的
是未曾晒乾的衣服
是隔壁
自來水龍頭的
漏滴

無題四行

假若你是鐘聲
請把回響埋在落葉中
等明年春醒
我將以溶雪的速度奔來

瘂弦詩選

上校

那純粹是另一種玫瑰
自火焰中誕生
在蕎麥田裡他們遇見最大的會戰
而他的一條腿訣別於一九四三年

他曾聽到過歷史和笑

什麼是不朽呢
咳嗽藥刮臉刀上月房租如此等等
而在妻的縫紉機的零星戰鬥下
他覺得唯一能俘虜他的
便是太陽

馬戲的小丑

就打這樣的紅領結
在黑色的忍冬花下
斑馬呵，我的小親親
在可笑的無花果樹下
我的童年的那些
在地球和鐘錶的那一邊

明天要到那兒去
在蓬布的難忍的花紋下
就打這樣的紅領結
發酵的鼻子
第二面臉孔
明天要到那兒去
在純粹悲哀的草帽下

仕女們笑着
顫動着摺扇上的中國塔
仕女們笑着
笑我在長頸鹿與羚羊間
夾雜的那些什麼

　而她仍盪在鞦韆上
在患盲腸炎的繩索下
看我像一枚陰鬱的釘子
仍會跟走索的人親嘴
仍落下
仍拒絕我的一丁點兒春天

　在黑色的忍冬花下
豹呵，我的小親親
月光穿過鐵柵
把格子絨披在你的身上

在可笑的無花果樹下
就打這樣的紅領結

給R·G

在水濱有很多厚嘴唇的婦女。
她們用可能分到的色彩
爭吵着。而秋日推開鐘面去另闢光榮，
自她們陰鬱的髮中。

此一無目的之微笑繼續升高而停止了。星星。

瓜果是擺在
構成的那一邊。
這是午後的光的難忍的糾纏。
一隻腳安排在野茴香上，另隻腳
自河裏竄落。

四壁間種植着眼睛，
一種閃光的田畝。
而剩下的半首歌仍噙在
斜倚着的
豎笛那裏。

蒼白的肉被逼作最初的順從，
在僅僅屬於一扇窗的
長方形的夜中。

那是漂亮的男子。漂亮的R·G

美好的日子，朋友了無顧慮。
而死亡並非括弧，
那是漂亮的男子R·G

巴黎

奈帶奈藹，關於牀我將對你說什麼呢？

——A·紀德

你唇間轆轆的絲絨鞋
踐踏過我的眼睛。在黃昏，黃昏六點鐘
當一顆殞星把我擊昏，巴黎便進入
一個猥瑣的屬於牀笫的年代

在晚報與星空之間
有人濺血在草上
在屋頂與露水之間
迷迭香於子宮中開放

你是一個谷

你是一朵看起來很好的山花
你是一枚餡餅，顫抖於病鼠色
膽小而窸窣的偷嚼間

一莖草能負載多少真理？上帝
當眼睛習慣於午夜的罌粟
以及鞋底的絲質的天空；當血管如菟絲子
從你膝間向南方纏繞

去年的雪可曾記得那些粗暴的腳印？上帝
當一個嬰兒用渺茫的淒啼詛咒臍帶
當明年他蒙着臉穿過聖母院
向那並不給他什麼的，瑣猥的，牀笫的年代

你是一條河
你是一莖草
你是任何腳印都不記得的，去年的雪

你是芬芳，芬芳的鞋子

在塞納河與推理之間
誰在選擇死亡
在絕望與巴黎之間
唯鐵塔支持天堂

倫敦

> 我是如此厭倦猛烈的女人們了，
> 跳着一定要被人所愛，
> 當無絲毫的愛在她們心中。
>
> ——**D·H·勞倫斯**

弗琴尼亞啊
在夜晚，在西敏寺的後邊
當灰鴿們剝啄那口裂鐘

我乃被你兇殘的温柔所驚醒

想這時費玆洛方場上
一盞煤汽燈正忍受黑夜
乞丐在廊下，星星在天外
菊在窗口，劍在古代

我的弗琴尼亞是在床上
咀嚼一個人的鬍子
當手鐲碎落，楠木呻吟
蓆褥間有着小小的地震

你的髮是非洲剛果地方
一條可怖的支流
你的臂有一種磁場般的執拗
你的眼如腐葉，你的血沒有衣裳

而當跣足的耶穌穿過濃霧
去典當他唯一的血袍
我再也抓不緊別的東西
除了你茶色的雙乳

這是夜，在泰晤士河下游
你唇間的刺蘼花猶埋怨於膽怯的採摘
乞丐在廊下，星星在天外
菊在窗口，劍在古代

弗琴尼亞啊，六點以前我們將死去
當整個倫敦躲在假髮下
等待黑奴的食盤
用辨士播種也可收穫麥子

印度

馬額馬呵
用你的袈裟包裹着初生的嬰兒
用你的胸懷作他們暖暖的芬芳的搖籃
使那些嫩嫩的小手觸到你崢嶸的前額
以及你細草般莊嚴的鬍髭
讓他們在哭聲中呼喊着馬額馬呵

令他們擺脫那子宮般的黑暗，馬額馬呵
以濕潤的頭髮昂向喜馬拉雅峯頂的晴空
看到那太陽像宇宙大腦的一點燐火
自孟加拉幽冷的海灣上升
看到珈藍鳥在寺院
看到火鷄在女郎們汲水的井湄
讓他們用小手在襁褓中畫着馬額馬呵

馬額馬，讓他們像小白樺一般的長大
在他們美麗的眼睫下放上很多春天
給他們櫻草花，使他們嗅到鬱鬱的泥香
落下柿子自那柿子樹
落下蘋果自那蘋果樹
一如從你心中落下衆多的祝福
讓他們在吠陀經上找到馬額馬呵
馬額馬呵，靜默日來了
讓他們到草原去，給他們神聖的饑餓
讓他們到暗室裏，給他們紡錘去紡織自己的
　衣裳
到象背上去，去奏那牧笛，奏你光輝的昔日
到倉房去，睡在麥子上感覺收穫的香味
到恒河去，去呼喚南風餵飽蝴蝶帆
馬額馬呵，靜默日是你的
讓他們到遠方去，留下印度，靜默日和你

夏天來了呵，馬額馬
你的袍影在菩提樹下遊戲

印度的太陽是你的大香爐
印度的草野是你的大蒲團
你心裏有很多梵，很多湼槃
很多曲調，很多聲響
讓他們在羅摩耶那的長卷中寫上馬額馬呵

楊柳們流了很多汁液，果子們亦已成熟
讓他們感覺到愛情，那小小的苦痛
馬額馬呵，以你的歌作姑娘們花嫁的面幕
藏起一對美麗的青杏，在綴滿金銀花的髮髻
並且圍起野火，誦經，行七步禮
當夜晚以檳榔塗她們的雙唇
鳳仙花汁擦紅他們的足趾
以雪色乳汁沐浴她們花一般的身體
馬額馬呵，願你陪新娘坐在轎子裏

衰老的年月你也要來呵，馬額馬
當那乘涼的響尾蛇在他們的墓碑旁
哭泣一支跌碎的魔笛
白孔雀們都靜靜地夭亡了
恒河也將閃着古銅色的淚光
他們將像今春開過的花朶，今夏唱過的歌鳥
把嚴冬，化為一片可怕的寧靜
在圓寂中也思念着馬額馬呵

註：印人稱甘地爲馬額馬，意爲「印度的大靈魂」。

季紅詩選

海面閃光

好看的女子般地
那海面俯身下去，瞧着
我艙間的窗玻璃
　　一面微笑
一面露着雪白的齒
是一個潔淨的女孩的靈魂
——温順的情感在其內長成
奶色的，這般雅麗。
眼前走來那閃光的太陽
像一簇簇賽銀
　那女子的胸飾似的——
卽將成為新娘
這一切完成了她的美
所以有人想她
正是為此，亦有人惱怒。

月亮上昇

而你走來。撥開雲的葉子
雅潔地
展佈姿態
我吃着羞怯的紅蘋果
　自我未婚妻的唇上
撥開軟白的綢一樣的她的掌的
葉子。
就是如此，她使我喜悅，像你

只用一顆心將我輕擊
——我能懂得這個。
（你們是一對姊妹。）

蘆葦花

我們將不那樣述說；
在這一日的引誘中，我們的嘴唇
也要閉着，而保持完整
俾免使那些
　顛困的人們
　彌留在外的人們
更加不寧
卽令他們
　在所有的反照中
　在寂寞的以及死亡的光中
將你回憶
將你看到。

鷺鷥

在日沒後
仍未歸去的一隻
鷺鷥。
在不清楚了的空中
　在深處的一個
　　招喚。
猶之一個意志
在不寧的，未之分明的
　回憶中
（一種煩倦）。

商禽詩選

天使們的惡作劇

當人們看見了祇是一窩赤裸裸的連眼也不曾睜開的鼠嬰之後，我被他們所投擲的酒瓶埋葬之時，我知道這是無可解釋的了；只好把我的信念噓進每一個瓶口：我確曾見到那是一堆各種族類的張着翅膀的但是閉着眼的美麗的鳥屍；至于一窩鼠嬰，我想，這一定是天使們的惡作劇。知道嗎？天使們的惡作劇。

火雞

一個小孩告訴我：那火雞要在吃東西時才把鼻上的肉綬收縮起來；挺挺地，像一個角。我就想：火雞也不是喜歡說閒話的家禽；而它所啼出來的僅僅是些抗議，而已。

篷着翅羽的火雞很像孔雀；（連它的鳴聲也像，為此，我曾經傷心過。）但孔雀乃炫耀它的美——由于寂寞；而火雞則往往是在示威——向着虛無。

向虛無示威的火雞，並不懂形而上學。
喜歡吃富有葉綠素的葱尾。
談戀愛，而很少同戀人散步。
也思想，常常，但都不是我們所能懂的。

水葫蘆

月黑夜。疾馳在鄉村公路上的一輛客運汽車

中的燈光被乘客們發熱的話語擠迫得顫顫畏縮：那是關於一齣平劇裏旦角喉中如何拉出一條鋼絲帶銹以及某歌場中低音歌男難產了一頭小牛，還有，怎麼兩條腿看起來是三條，怎麼一襲乳罩被剪去一個；又有人講起紙做的花環並講起死人的微笑「……于是，一個月的汗就乾了。」一個人這樣結束了他的話，但是另一個人說他看見過七個太陽……

突然，汽車在過平交道時驚滅了車內的燈，黑暗就將人們的聲音壓成一塊薑糖——甜蜜和辛辣在裏面擁擠。但是，一個乘客大聲告訴他的鄰座：「那是假的！那是假的！……」無人知道他們在討論什麼，我卻懂得他所以嘶喊的用意：因為我已經看見了他發光的聲音；並因之而看見人們僵直的面孔，被點燃了的眼睛；且穿透車窗照亮空寂的夜野，恰似目眩於一塘盛開的淡紫色水葫蘆花。

滅火機

憤怒昇起來的日午，我映視着牆上的滅火機。一個小孩走來對我說：「看哪！你的眼睛裏有兩個滅火機。」為了這無邪告白；捧着他的雙頰，笑，我不禁哭了。我看見有兩個我分別在他的眼中流淚；他沒有再告訴我，在我那些淚珠的鑑照中，有多少個他自己。

長頸鹿

那個年青的獄卒發覺囚犯們每次體格檢查時身長的逐月增加都是在脖子之后，他報告典獄長說：「長官，窗子太高了！」而他得到的回答卻是：「不，他們瞻望歲月。」

仁慈的青年獄卒，不識歲月的容顏，不知歲月的籍貫，不明歲月的行蹤；乃夜夜往動物園中，到長頸鹿欄下，去逡巡，去守候。

海拔以上的情感

雨季開始後，兀鷹們不再在谷空吹牠們令人心悸的口哨了。

怎麼你想起一隻退休的船；海蠔浮雕着舵肆無忌憚地豪笑的魚羣空手歸去；而一隻粗心的老鼠在兩年后醒來躺在甲板上哭了。其實你是一隻現役的狗。雨天不一定是聖餐日。慈悲的印度王子不會給你一隻他的香港腳。而獵風的人回來，得到的僅僅是一個紅色的乳鐘形的鼻子……

等晚上吧，我將逃亡，沿拾薪者的小徑，上到山頂；這裏的夜好自私，連半片西瓜都沒有；卻用我不曾流出的淚，將香檳酒色的星子們擊得粉碎。

張拓蕪 詩選

純粹的酬酢

在夏天
應該有一陣小小的南風
南風是一種純粹

你的笑是純粹的
一種酬酢
南風一樣的

純粹的
在畫片與招貼之間
仕女們在玲瓏的團扇裏淺笑
再橐橐的從牆上走下來

南風在夏天
你在秋天
純粹的酬酢

焚書日

蝶之蛹
火燄之上的
東方舞
有其泱泱的古國風

看來也有怨艾感
浮雕在青色的
大理石

而沒有反抗

就好。也就明白了
兵器意義
集以血柱
鑄雙倍的金人
然後焚
然後行埋葬的大典禮
給他們沉思
我好比尼祿

課室感覺

強盜的匕首攫掠去被欣賞的盆栽。秋天時分，便開始了寂寞的傳染。在二層樓上。
階梯們突感于那些腳步的遲滯，它們想及一嚴重事件的發生是在傳染之後，窗之後，而結論于一盆栽之失落。遂令這個有缺憾的世界更不幸福起來。
當然兩者之間恁誰也會擇一間暖室的，盆栽的戶籍應申請在落地窗、陽臺甚麼地方的。
至于那些鐵質的椅子們為什麼低聲啜泣起來，就令人費解了。而主題不在那兒，沒有誰被感動。

魚

在可以測度的獵場上，吳郭魚無意反擊；無意要給任何人傷害。牠慈善地擺擺手，悠然而去。人類的貪婪有其可憐憫的一面。
企圖用婀娜的蛇形的舞姿蠱惑，是註定了的悲觀。魚早已恥笑了這個拙劣的伎倆。除非牠是墮落到藥石罔效，否則就不會接納蚯蚓這類落伍的祭品。顯然的，牠們非常慶幸，非常鄙視了釣者的陳舊思想，依然停留在被蛀蠹的書閣之上。
而被奚落的蚓蚯泰然地說：「我不知道誰該
悲哀，當他們知道了我是恐龍的同輩……」

方旗詩選

小舟

孤獨的小舟都是歪斜地擱着
全世界的沙灘都是如此的
　而如同歪斜的頭
　裡面充盈着悲哀

阿特拉斯

　載靸菲斯的悲劇：水
　栖西發斯的悲劇：石
普羅米修士的悲劇：鷹
阿特拉斯的悲劇：地球

換肩之際，地球偶然脫離肩膀
它懸離在空中，並沒有像玻璃器皿跌碎
　一滴淚由虛無落向無窮遠
　倘若你不再被需要，你將如何
倘若你的負荷純屬多此一舉，你將如何
倘若你畢生的事業只是個愚行，你將如何
　一滴淚由虛無落向無窮遠
在肩膀之外，在手掌不可及之處
　地球，像印刷機一樣準確
　　把黑白相間的日子
　　一頁一頁地吐出來

我的子夜歌

　空氣在枝柯間撕裂了
　　吊死者的衣裳
十字架的意志卽是歧義

仰首指向秘密的山坡
　俯身落入醒絕的湖
從地獄寄回的明信片
夢如破枕散落在床第
時鐘延續可憐的呼吸
　針臂有時指向愛
　　有時指向死
　被蜘蛛吞食的
　他日必成蛛網
守候在琵琶的戰陣後面
而歲月披掛銀質的甲胄
　整個的保護了我

唯一的海

　獸性的海不懂四大皆空
霜飛濛濛，彌補缺憾的天地

在幽閉的水中，如花豹盤據山頭
血色鮮艷的大麗花披髮當風
養育着赤鯊也養育着海馬
羅馬的月喲，希臘的月
為這一曲神秘，我將無言走到天涯
神靈運行在水面，演化諸色的冰山和鯨羣
在港埠的陽臺前，如章魚伸出腳爪
全族拉手作圓，圍繞着世界輪舞
晝夜的界線隔絕不開
馬賽的海喲，頭城的海

無頭騎士

在鏡子裡遺失了頭顱
一株無花無果斷莖的罌粟
蝶影翻飛在思慮的額上
鏡心光悠悠地如一空曠的冰場
一個絕望的地球徐徐沉沒

幾顆孤零零的星星橫不成星座
天體龜裂待補
天庭上不見天使的蹤跡
在鏡中也沒有
城鎮從拂曉的平原轟然昇起
市聲若蜂羣之營營
它們反覆盤旋在莖株上討論
終於依序進入耳朵的巷道
只要我能保持沉默直到終了
只要黃土牆的倒影依舊落入眉窟
那些平日的愚行仍將如常發生

哀歌第四

所以他們將說　紙錢飛揚一片降幡
所以他們將說　生命短促如三行墓誌銘
所以我將遺忘　沉睡如涸池裡的閉目魚
噢不，螻蟻的咬嚙仍會提醒我

月如刀，剖開的心臟伏在胸口舐血
雲來星往，獵取彼此的頭顱
雲的名字星的名字以及某個日子的名字
某個影子的名字
請給我火葬，以熊熊的爍火焚城
黑烟昇起黑旗，宣佈我的陷落
囚我於青瓷的灰罐，棄我於牆壁的暗角
可是別的灰罐仍會以啄木鳥的口音
切切嘈嘈 Ecce Homo, Ecce Homo
讓我和穀粒一起旋轉，在磨坊中一起旋轉
我和玻璃一起粉碎，在雪狼的利牙中一起粉碎
在天使的視覺之外，在犬類的嗅覺更遠處
永不再出現在厨房的蛋殼裡
噢，流星雨紛紛落下
尾光搖曳寂寞的山林
以金屬性的娓娓，絮說大角想念我
請給我另一次的死亡，在忘川的源頭

那兒水銀和雲母交滙成湖
半礦物半植物的流液蠕蠕蠢動
發黃的骰子化為硫磺的烟
甚至烟也不是
沒有呼吸沒有人間的遊戲
天際涼風吹起，長風三萬里
吹過許多麥田許多墳場許多黃金的麥田
在巷閭裡趨近熟人，擁抱寒暄
他們慌慌張張彼此尋問
或人何在，或人何在
那時，也許我能初度遺忘

黃用詩選

偶然的靜立

若是在威尼斯
我會尋到，你底窗
　飄着些釣絲的理由。
遠着呢；呵，地中海
　　呵，耶路撒冷
而我是朝聖的魚
迢遙地望見你
驟然
像遠方的寺院
風來時只看到小鈴搖着
那叮噹的聲音是聽不見了

曾經是熟悉的
　我如今時常為它曾是熟悉而顫慄
是誰說的：
那完全沒有過意義。
是的，那也是無意義的，假如
你推開風雨
看見我披着藍色的雨衣
和馬路旁那些候着車子的人們一樣
在你底凝望中屹立

靜　夜

靜夜的星空沉落在湖中——
噢，我站立的地方真合適，
也可以仰摘，也可以俯拾
那些像是藍葡萄的果實。

讓我帶一筐星子回家，
釀一壺斑斕的夜送你。
請在無星的時節
注入你寂寞的杯裏——

然後告訴我，那是不是醇郁的
如風與月色的對語；
或者是淡泊的，
如我們偶然的相遇。

絕響

六支絃，那是我們的小夜曲
在一具吉他上
緊張着，緊緊張着
行程雖是太短
兩個旅客
偏愛下一盤明知不會終局的棋
如斯地互防着對岸，在一起
拉緊一些琴線

但那已經斷了，像阿拉伯人的折刀
斷了那冷冷的小夜曲
——我方才相信你是從落雪的江上來
南疆的年青人拂不去遍身染結着的白色
而他不厭倦那窒息
我又在溫習
戈壁中的勇士們教給我的怪脾氣了：
說完再見
我不會回頭看你。

尋索

以這樣熟練的姿勢，我舉手
想叩開沉寂
想像是敲擊堅實的門
可以聽見肯定的音響
外界又是誰在推一座旋轉門，
白的一爿已經轉向別人跟前；
黃昏和秋天永遠只在猶豫；——
當真的，我們總是喜歡無所知地
守候禾稻懸結起穗粒，守候着意義
然後猜度
說一切果子似乎就是用這方式成熟吧——
而且，一如待播的麥子
懷抱所有的想望
寧靜地注視那扇黑色的門朝我們移過來

東方的故事

桌上的黃色是盞燈吧
鑿成的石室青青
褐色自隙間垂落，蔓延
高歌的骷髏顫抖着
有人用靈魂髹漆臉色
遙遠，遙遠
黑黑的骨架在前面
而火焰燃燒於另一端

都市

舉臂叫號，向上
喧嘩啊，生命遍地流動
敏感的神經構成一隻網
而你在中央掙扎。
以金屬的姿態，你睡去
但你以一千般姿態醒來：

我看見古瓷的裂紋
我看見耀眼的碎酒瓶
扭曲了彈簧與彈簧，我也看見
　那是在破舊的床墊上。
　　在破舊的床墊下。
你跳動，你發熱
你是文明的心臟

憂鬱感覺

不能辨識這一切。
接合起來的鐵皮上放置一堆釘子
　以及放置着有齒的廢件。
我想我是在安排一個殘殺
一如聚衆蛇於一窟
但那是堅硬且渾然一體的
疊砌，又疊砌
然後浮動，然而
它們不是船舶
甚至也沒有音響

變奏

一

那是一些根鬚
纏夾而且遍佈
於我體中的黑色

我是慵慵的
易於腐朽的
在這夏日。在這夏日
我親手植下的毒藤
那樣地可親

二

假若我發愁。
假若在眩目的陽光中，端詳
　一個新剪了短髮的女子。
假若在人羣中趕路。
我原只是一堆無趣的瑣事
　一陣無端的顫動
我如此不快地分解着自己
又將諸多殘片，因為別人而重綴
並且同樣地不快。

三

你只為若干齒痕般的輪轍
你只為若干錯綜的街道
　但你不通往何處。
在風止的午後
我恆執着你底脈搏如一束冷卻中的羈騷

四

就在你傲慢的寬容裏
就在你賤價的優越裏
就在你豪華的無知裏
我親手植下的毒藤啊
如此地可親

楊牧詩選

露宿者

鼓聲在右方
鳥在渾厚的
絕望，絕望，絕望裏

昨日的槍聲還沒有回來
我們什麼時候涉河呢？
去那廢堡裏吸烟
打盹，想昨日之眼
或人之眼
枕着蛺蝶們
南方最低的一顆星正在耳際
在翻身撥火的剎那
啊漢子，山自額際湧起了

那個年代

陽光自一月餐室的酒枱上
　那飲酒的男子擲下銅幣
　瀟洒地到第五街去了
到我的臉上來

那個年代，那是
撤去一切愛情
一切囂叫，一切疼痛的年代

啊逃亡的呼聲，自雲端下來
你的森林棲息一切
惟這獨臂人能飛騎而過啊
你是春季的鯖魚

這如花的步履，當一九六三年
它們在我的胸膛上
一朵一朵地凋零
那時，你將淒厲
如一記鐘響

「他把愛情到處懸掛
如同那寺院的鐵馬
任蝴蝶和喜悅踐踏」

尾聲

為何我們同在一棵菩提樹下
今日，攀牆花在我衣上
你不必詫異，今日
滿廊的石柱在我手掌

而一切靜止
For I was such a fool
為何暮色紅紅的餘暉
如此照着你？
我已不是那愛寫長信的少年了
昨日我路過沙地

那紅牆與鐘樓間
你正落寞地走着
為何我們在這蒺藜地上相遇
我已不是那愛畫女孩側影的少年了
明日，明日我將去苔草上獨坐

而一切靜止
你像一扇釘着獅頭銅環的紅門
堅持你輝煌的沉寂

冬季機場

除了萎黃的菜蔬
風信旗和標桿
就是穿戴舒齊的畏縮於軍裝裏的
自己和另一個他媽的自己的幻象
倚其黯綠生漆的枱櫃
打開一包菸
使生者永生

其效果來自偶然
且為純粹的偶然，極其純粹！
春之際，火鳥，落帽的
瘦伶伶的少女
或為女子，或為宵夜
歌唱流亡和另一種不可辨識的完成

瀝青的流淌，公園的博覽會
除了菜蔬，就是外島
那時候，我們都知道，近午
下班的人在坑道四邊煮食
且有炊煙升起，以及士官長
破爛的軍用罐頭扔棄道旁
白灰灰的小山，並等候氣象圖的藍線
直畫東北方向
在那一個沒有哲學家的方向
突然飛升，立於假定的城堡
敲碎一個和另外一個自己的幻象
救護車，野戰醫院，休假中心
和少年海明威的幻象
尼克，尼克，那小鎮
海拔一六二三公尺
常有狂風，且拼命落葉：
多色的葉

楓啊楓啊，如是歌道
莽原啊莽原啊——
如是歌道，且
擊節，於氈帳飄浮
若灰塵的冬季機場
風信旗，標桿和豎起衣領抖索的
必要遠行的
唱聖詩的女子，以及軍官
歌頌苦修的美好

行路難

君不見長安城北渭橋邊
枯木橫槎臥古田
——盧照鄰

一輛驢車困頓地滑下街心
我站在黃土巷口，張望着歷史
看到一羣影子扭曲在紅牆上
乾燥斑剝，其中彷彿有我：
被層層包圍在標語牌下，瘦削
不勝春寒。人們向我擠壓過來
傾斜的體溫逐漸感動了我的骨血
我回頭辨識左右，發覺那是重疊的黑影
而牆上的形象是假的，我乃了悟
我陌生，孤單，渺小，虛幻
不免在秦中自古的夕陽裏抖索
這時又有一輛驢車駛近，並且
在我身邊停駐。紅牆上多了
一條閃爍的鞭影，和疲憊的驢頭
趕車的人納入忽然掀起的喧嘩中
指點着我的背，一陌生的魍魎
映在撕毀的大字報上。然而遠方啊

遠方突兀是黃昏的浮屠

一雁捨身乃見塔勢出如湧
在交錯的槎枒後，暮靄當中
蒼然如詩的荒涼，如功名頹唐
不可了悟的淨理，佛的歎息：
千騎在古代的槐蔭下馳騁
堅實的土地踏成灰塵和泥濘
長鞭垂落，羣衆漸漸寧靜了
倚在脚踏車前端詳一片斑駁的
紅牆，因為我的影子傾斜地拋在
那標語牌下，而且扭曲，折斷

他們在背後寧靜地打量着我
細數日晷的紋路。驢子閤上眼睛
羣衆漸漸散開並且恢復了正常
低聲交談着，但我知道

他們的興趣在板栗、煙卷
麵粉，白菜，鹽，猪油
在關外的雪，牧草，河氾……
我凝望巍巍的雁塔，他們的
興趣不在塔也不在我

君不見慈恩寺塔風凄迷
鬼匿神藏詩魂啼……
我在塔前落魄地搜尋着，辨認
一些遙遠的年號，漫漶的字迹
他們曾經結伴來過，在春日裏
薄醺的才具和華麗的衣裳，人生
得意馬蹄急，討論應制詩的涵蘊
挑剔新科榜首的門第，帶着鄙夷的
神色，典故可能有問題，聲韻
拗捩，何況書法也險象叢生
「這怎麼可以？」一個說

舉杯就唇，又嚴重地歎了一口氣

寺外圍坐些黑衣的老者，烟桿
冷冷指着黃土，新葉隨風顫抖
看那人收拾地上的繡像小說
把羅通掃北等等綑起來綁在脚踏車上
那面容是我所無從記憶的，不是
衰老也不年輕，沒有歡樂也沒有
憂愁。那面容極端熟悉——
我在書本上看過，揣摹想像過
擺渡的，拉車的，放馬的
在古代逃荒，在現代掛鈎串連
他識字，看過二十年目睹之怪現狀
看過工人，農夫，兵士，他抬眼
驚訝地——他看過我了
我兩鬢灰白如異鄉人，而我

本是千里跋涉來到的異鄉人
在陰涼的塔影下獨立，張望着
歷史的灰塵，泥濘，和血迹
我聽到干戈碰撞的鏗鏘，突圍的吶喊
火舌饕餮的吞噬，屋樑倒塌的聲音
雷霆，霹靂，豪雨，狂風
難民的流亡曲

君不見灞水西頭烏雲急
官道冥冥柳條濕……
野煙在水面依依道別
搖盪分離復糾纏相聚，淚水
落在沙洲，當夕陽聒噪過羣鴉
微雨的橋樑乃沉入歎息。這時
河東的自由市場也慢慢散了
人民安靜地向四方移動
進城去開會，或者到野外去

去執行某種輪值的義務，也許
回家點燈修補另外一盞燈
在夢裏把自己搖醒，追求
另外一場搖不醒的夢：
攻擊昔日的城堞，爆破
焚燒，摧毀，並且對着火光
和殘垣歡呼，然後聚在一起
決議認錯。他們勇於承認錯誤
但決不後悔

我枕着寥落的憂傷思維
想像子夜我猶站在灞水橋頭
我向黑暗道別，折柳示意
微雨是天地有情的淚，淋濕了
行人的舊衣。我推窗外望
小風無雨，三月的星光
閃爍，飄浮過沉默的北地

啊中國！鐵柵門下一名衞兵在踱蹀
放哨，在搖曳的柳影裏佇立

我這樣久久看着子夜的庭院
牆外黑暗的屋頂，雲在天空追趕
新月忽隱忽現，這麼安靜寂寞
百里之內沒有人失眠，甚至
沒有任何翻身呵欠的聲音，除了衞兵
悄悄的踱蹀，久久佇立在古老的
多情感而又無比堅忍的土地上

我專心傾聽着，張望着，想辨認
一點聲息，把握古城的脈搏
蒼黃黝黑但永不死滅的面貌
想穿透夜色勾劃黎明，尋找
盤弓流浪通過的地平線
黃土高原上幽微的火種

西伯戡黎留下的灰燼，沿途
宿命的白骨，殘落在黍稷田裏
那是吸盡漂杵的血流的土地
曾經肥沃如家鄉，如今乾燥
枯裂，在無數的殺伐和驚雷之後
在愚昧，驕縱，和冷漠裏
這是一片沉寂的揶揄
新月在層雲間躲藏，星光
嘲弄着露水，柳條泛白
發青，衛兵換班。我似乎
聽見引擎發動的聲音了
渾濁的碰撞，掛鈎，串連。早晨的
火車在出發，過渭水蜿蜒西旋
然而君不見

君不見長安城北渭橋邊
行人彳亍欲曉天，昔日
千騎驕驍處，惟今寒
霧藏野煙。君不見

阮囊詩選

血闌

祇要醒着，他就感到有一種白色的物體在他
　面前懸着　　　　　而且左右擺動着
把它擊散。　它馬上回復原狀，左右擺動着
把它拋出去。
　它馬上回到原來的位置，　　左右擺動着
喝酒吧。　　喝過酒，他也左右擺動着
這樣他才取得平衡感，他所看到的一切才是
有秩序的。
流血吧。把血流盡，他也是白色的。純粹的
　白色，高貴的白色
叫你震撼，叫你心疼，叫你流淚的白色。

祇要喝過酒，他就站在荒地上看旋風，第三
　十九號最驃，最突出
他想，如果他是第三十九號旋風，寧可留在
　遍植吊人樹的化外之域
也不去落日大道開快車。

這一次流血，他站在血壩上看風雲
看烟火，看霧，看血澤中的船賽。
祈禱吧。落下血闌，他已是純白之鳥
已是星迹，已是盲睛中的氤氳。

扇面

門與窗都轉動着，美麗的半徑們轉動着
一些象徵的扇面便裝飾了這世界
我們在扇面組合成的圖案上思想
我們在扇面組合成的圖案上散步

每推動一扇窗，便聯想到旭日的光輝
每推動一扇門，便聯想到虹的顯現
便聯想到這兩幅大扇面也裝飾了藍晶晶的虛無

往往我自我的窗口伸出我的手，
探進虛無的窗口
感覺它的温暖
往往我自我的門檻伸出我的足，
探進虛無的拱門
感覺它的靜穆
往往我肅立於扇面組合的圖案上閉目沉思
讓純淨的靈魂在藍晶晶的虛無中昇華

霹靂大地

你也走不出青銅製的
泛神色彩很重的鏡臺
嬪妃或俳優卸晚粧的鏡臺。
因血芒寂滅
蜃樓縹緲
時空如斯
靈與肉如斯。

因石像變位
江水混濁
兩岸向虛無引伸。
霹靂大地
鹽田縱橫
你的血亦結晶似鹽，擴散似鹽。

震央已形成
極光已形成
蟻陣已形成
你的零域已形成。

最後一班車

再一次離失老友、陳酒、舊事和醉後的風、
　月、刀、馬
又該遠航了
多激流的世紀，拋不穩久泊港灣的錨
慣作遊俠式的聚散，
我原獨自來；仍願獨自離去
三月的夜路潮濕，末一次親吻我酸輭的脚掌
別了！好心的路，為我的前途挑起了燈
霧泛着夜來，夜更濃了
虎步鏗鏘的，我想起古羅馬出征英雄們的風采
抬起頭，沿路的樓窗深閉着；拋鮮花的少女們
　呢？
快車不暇顧的短站，駐站憲兵、售票員和剪
　票員為我一箇人執行他們的勤務
碎亂的脚步起落，落寞的回響啊！
我是今夜最後越過天橋的旅人，
何以走在恁般凄涼的時辰？
不張開兩臂向着天
不止步如勒馬觀望的騎士
走就是走，
以駕馭古戰車的快捷跳上最後一班車
如太陽之會不到衆星的光輝，
在我走進車廂前所有的星座都隱沒了
列車空着，轆轆爬行如飢餓的鱷魚
始而，我歌着，來回走動着；
試使這過於清冷的旅程歡陽些
然，夜玻璃映我以仆仰如喜劇中娛人的丑角
　的造像
啊啊！終於，跌坐進童話的幻思裏
無休止的向前開吧！
開出地球，開向太空

天文學家將發現一顆拖黑尾巴的彗星
我是這顆星的主人

木屋

我是一個老音樂家的獨生子
住在一間小木屋中

在冬日的夜晚
諦聽着雪花的羽音
讀着自己愛讀的書

讀倦了
就把燈吹滅
靜靜地躺在床上
凝視着小窗格嵌起的一方方雪光
以及隣床

父親頭上閃耀的白髮
以及亡母的遺容
在雪光與髮光的交映中顯現

這時的世界
已靜止於一種神明之境
我就在這種靜止中恬然睡去
夢着父親在夢中把我托在他的掌上

明天將有美麗的太陽昇自雪原
父親將啣着煙斗
把麥子撒在雪地上
餵那些美麗的鴿子

我將圍着藍圍巾到湖上去
湖上已完成一種美麗的結晶
像銅鏡那麼古典

雕着雲的影
雕着樹的影
雕着我的影。
陽光射向湖面
復自湖面昇起
湖頓然亮了
我的眼睛頓然亮了

中午十二點
將有融雪自屋簷垂下
垂下美麗的水晶簾
垂下古典的水音
父親說，有水音可聽
就用不着拉琴了

黃昏來時
一切復歸於沉寂

父親一面撥着炭，一面飲酒
小木屋中便充溢着芬芳的酒香
父親說，有雪音可聽
就用不着拉琴了

張默詩選

雁

讓天空傾倒過來
天空到底是個什麼樣子
天空到底有多深遠
大地海洋森林和天空
到底誰在誰之上
到底誰是誰的旗幟
如此週而復始
一行孤雁正出神地從俺心底
竄出

夜與眉睫

夜，跌落在兩道小小的眉睫裏，眉睫在均勻的呼吸，我以習慣的手勢挑撥着橫臥在我左右兩側酣睡着的甜甜的小女，輕輕的把拂在她額上的散髮緩緩地移開，哦！那移開的豈僅是一撮黑髮，而是一縷縷
剪不斷理還亂的鄉愁。

夜遊東海大學

彷若走在唐朝的小徑上
迎面撲來詩仙李白醉酒的樣子
我也跟着搖擺了起來
突然大度山的上空墜下了幾粒不知名的殘星

羊令野 詩選

天鵝湖變奏

黃昏是一襲覆蓋的魔衣
一反一復就飛成了湖上的天鵝
白白的千羽是湖心片片飄落的初雪
淒冷的夜色裏
祇聽見拍拍地欲飛未飛的翅翼

變形的愛情盈盈可掬
在你掌中一線纏綿
黑夜白晝追逐着遊嬉
我們演出的悲喜
無非邪惡揑塑的傀儡

一種廻旋
一種迷離
每個音節都是相思的摺疊
非夢非覺
忽而為鳥羽
忽而為人面
栩栩然綿綿無盡的苦澀美麗

後記：臺北市音樂季首次演出爲姚明麗女士編導的名舞劇「天鵝湖」，並訂於八月廿二日至廿四日在　國父紀念館公演。茲於排演觀後，聯想劇情，衍生變貌，遂成此詩，藉助雅興耳。

蝶之美學

用七彩打扮生活，
在風中，我乃文身男子。
和多姿的花兒們戀愛整個春天，
我是忙碌的。

從莊子的枕上飛出，
從香扇邊緣逃亡。
偶然想起我乃蛹之子；
跨過生與死的門檻，我孕美麗的日子。

現在一切遊戲都告結束。
且讀逍遙篇，夢大鵬之飛翔。
而我，只是一枚標本，
在博物館裏研究我的美學。

燈柱

斧斤丁丁，
一種死亡的顫慄觸及我。
伐木者的宣判，
寫在我的美麗的年輪上。

而面具的掩映中，你是醒着的飲者。
靜觀自己的投影在那世界之壁。

海底蚌，孕育一個光輝，無視於魚目們的流
盼。

有時，燼滅比焚燃更純粹，
一種歡愉誘你而往。

誘你而往，死亡之檻。
你將從那裏回來。

吳瀛濤 詩選

天空復活

臺大病室一〇六號
一隻生命之鳥被困在這裏

肺腫瘤
要開刀，要切除肺的一部份
不論瘤是良性，是惡性

被割開的胸腔
是一片晴朗的天空
是鳥曾飛過去，又將飛過來的輝耀

一九七一年三月

那隻生命之鳥復活了
那片永恒的青空復活了

病床短章

1 拒絕

病了的一塊岩石
在凝視天空

天空藍藍
岩石灰灰

灰得很絕望
被光耀拒絕

2 小毛蟲

一條小毛蟲

從身邊爬過去

不知從那兒來
不知往那兒去

毛毛茸茸
小小的軀體　小小的生命
不過，活着，生命總有生命的爬動

3 鹿角樹

只有那一株樹是沒有葉子
鹿角一般的粗粗的樹枝朝向上空
沒有半句語言

已過了四月的上旬
那一株樹仍孤立於季節之外
仍沒有悅目的綠意

---

4 蟾蜍精

（苦惡，苦惡，苦惡）
醫院院子裡那個水涸了的廢池一隻老蝦蟆的
叫聲
仍然是（苦惡，苦惡，苦惡……）

老蝦蟆一定很老很老了
沒有人看過牠，而在多年的黑夜裡
牠已屬於蟾蜍精一類地靈那一般的存在

5 貓族

這大醫院的地窖曾有一個時期有很多老鼠
因而一羣猫被放進去

現在老鼠已絕跡之後
陽光的院子裏但能看見繁殖的猫族

猫族伸懶腰
久住的病人有時也會伸個懶腰

秀陶詩選

白色的衝刺

浴室的東端懸着一塊長四尺寬尺半的條鏡，每日在那裡我與自己約會，而後總是沒有隱秘，沒有人流淚，我回去，自己也回去

一天，我不該多瞪了幾眼，也難怪我，看到他悵然若失地木立着，下面是一個經年累月從菜場買回的大肚皮，而上面蓬蓬亂亂的如一本棄置於屋角的舊小說，兩眼懷着無奈的渴望，我先是跟他細語着，問他需要些什麼？而後我不得不大聲地叫喊，大聲地幾已超過了我可能的音域，而他卻悽然欲泣，啊！這樣冷漠而極需同情的人，我乃不得不

退了幾步，採一個開跑的姿勢，揚臂，向他
衝去
而牆是白的，白得如我一樣強烈

鵝

於它曉首覷我的一瞬
我們的世界初度疊合
於四月的晨間
榕樹枝頭
搖動着
閃着
金色的光

夜歸

冷冷地歸於冷冷
我的手緊握着一街的寧靜
緊握着一己的孤獨
一枚小小的門匙
夜，敲門前一瞬那樣地，煞有介事那樣地靜
着
冷冷地歸於冷冷

在一九五九年末端

遠方，有或者沒有一兩聲犬吠
遠方，有或者沒有沁人的霧如她沁人的絮語
在一九五九的末端，塵埃散漫
有歷史如賣麵茶的哨子樣響着
我插在褲袋裏的手躍躍欲試，我仍插着

到處響着呼吼，無聲地，超頻率地
起自久未運動的生殖器的那樣地，
起自一文不名的空口袋的那樣地

在一九五九的末端集聚了三百六十五日的不
　適
蹺板的這頭低了

於是有生命哭着，哭着自母體內強拉了出來
有生命在街上流着，
咬着手指，哼着 Prokofiev 的音樂
仍然只是感覺，
在那裏拼湊着，播弄着，七巧板樣
或者也抬頭看看天色，看看不像什麼的雲彩
或者也散散步，在無旗的竿下
或者什麼地……

塵埃散漫，該忘的都忘了，而我們
餓了就吃
在一九五九的末端
倦了就睡，或者不那麼倦

一組是三百六十五天，每張就是一個希望
越老越悲哀，所以說久賭必輸，而
為什麼我要跟我分開，
然後歸附於事件，於味道
甚至相見時也不打個招呼，我們或一輩子也不
　太瞭解
而塵埃散漫，在一九五九的末端
聽三輪車上的太太討論着如何打錯了一張四萬
想星期二加星期五如何等於一個星期三的事
兩張票是廿二元
沒有什麼太貴，亦沒有什麼太便宜

髮

亮亮的黑而且細的語言
黑而且細的長長的語言
在說着——
以它靜得很的姿態

時間在那兒下降
變作亮亮的黑而且細
進入我，並露出一束
在我欲說還休的唇間

髮香

她的髮絲把香捲得圓圓的，鬆鬆的，而且鬆
　鬆的，送過來了
看哪，它們文質彬彬地互道寒暄四散而去
有一位穿過擁擠的笑聲和能敲得噹噹作響的
　這三月的陽光輕輕地踱着，輕輕地
輕輕地踱入我未設防的鼻道

路

引向遺忘，遙遠的遺忘
引向蒼白

遠方有蒼白的聲音招喚

我踩着一條翻轉的死蛇
並懷疑它是否死透
唉！沒有什麼比不死透更壞
沒有什麼

冬晚

這樣柏油色的冬晚

我的門開着
說不出是為送走一點什麼
還是等待

我出去，又進來
門開着

我投出抽屜一角的一枚久久無法失落的鈕扣
我投出一個故事於歷史中

這樣久了，沒有一艘破冰船行過
門開着

落下的葉

嘆息落下
我落下……
自屋外拾回一頁落下的葉子

老是我那樣黃黃的
被寂寞烤焦成黃黃的

我拿高它
復被它舞落的身影所吸引

被我的
以及我的嘆息的

楚戈詩選

年代

一

那山，不安的寂立
在夜中
塗滿警戒的黑色之嗅覺，在一切之上
而在一切之內裏，泥土遲鈍不聞體內殺伐之
　　聲
風景悚然
鳥類們不能逃出它們自己的牢籠
入夜以後，背巷如市了

無根的植物正參與自己的葬式
依次把剩餘的生，種在
曝光的石級上
背轉身時便在眼中捏造出一層笑意

二

常想跨越，向未知，向無
夜，觸及黑暗便猶豫了
　　許多世紀，人們總是恐懼自己的
誰知道太陽及其親族正奔向何處？
飽食之後的胃餓得想塞進一個宇宙
一個純粹餓荒的年代在我的廻腸之間展開
　　焦躁在神經之極處戰慄
　　細胞在嚷着要分離
　　目光在球後視神經炎上瘋狂了
渴望在頭蓋骨上開一小小的窗

以釋放形役很久了的慾望

流浪的房屋

唯有閉着眼睛重疊主題才自沉默海洋之貿易風中層層湧現。一星數的祝福從冷藏中釋放而又風化，直至一切的生長純然的上昇不仰諸製造。我們返回莊嚴的色素深處，在青玉的圍繞中你在大理石上梳理剪短的翅翼，把飛翔充滿在寂靜的菓核裏面。乾燥的晒穀場懸在我們的上方，沒有涯盡的響亮的香味從鼻孔中灌入，大部份留在聽道隱秘之倉：血液進化過程之饑饉年代，我們將濟賑保留。我把開啓之鑰插入夜的中心位置，使波紋擴展至乎黎明之毛端。

在斷垣之間，我們在那巨大的眼神之白色閉放中自曝。你在抓痕中把一新的語字咬入我的肌膚，把植物之原汁納入循環系統，而種入一種悟。荒野之界碑把往昔物語之慣性放在空洞的衆胸間。太陽在床褥深處造出了一個日出，宛如在飽和的黑暗中造出一缸美酒，

我的居室在你的眉睫間更為堅實了。

黃昏

無數觀念的重疊，增加了黃昏之重量
幽微的呼求在戰爭之後如患痼疾的石頭
一組出過風頭的同音字在風之律動中硬化
終於淪陷在觀光事業之册頁
因偶然的憤怒，目光觸傷了無辜之低空
純粹的寂然曾在我的體內駐留
而遺下一片歷久不散的醇香

徘徊之秋

經過洗滌的香味觸及我的唇緣
被豐碩所刺傷的目光得以復甦
海岸線從遙遠徘徊之地帶排除了我們體內的
障碍
無慾的天空不再擠迫我們的房簷
而在不聞聲息之處把陽光摺疊
我的朋友說這是薄得只有一面的季節

山海經

魚肚白色之清晨新鮮的空氣穿過我的身體，
奔赴謳歌的水域，我在一切之內渴望把國土
的故事錄音在蟬之薄翼。山是不謀殺思想的
好朋友，所有的夕暮與黎明可以同時在其胸
臆產生，同時把聲音塗在靈敏的觸覺，使一
隻不被覺察的腿遠離我們而去。
我安眠在親切的鹽中，從事傾聽我未誕生的
兒子稚嫩的笑聲。

歲末

蟄伏的古生物乍醒了
朱紅剝落着
嘩笑的人潮，踩着昔人的記憶
在敉平古塚新與起來的街道上
展示極其有限之明日
在時間的觸覺之上
我通過所有的市集
但通不過自己

戲謔的海波把一尾從前或未來都未曾存在過
的金色魚擲在那温暖的沙灘之後便回歸那
寂然之深處。
朱紅剝落了…………。

辛鬱詩選

同温層

六

是一夜温柔的月光突然闖入
我心胸一個泉源的復活
坦朗的空中我的靈魂是輕絮
星辰是我的慕情表達
我是大地的子嗣

是一切形象在流　流向你
我在尋求碇泊與停歇
一陣歡樂之風自額上騰逸
我突聞一聲轟雷巨響
我知那是我心中城堡的崩潰

就那樣以手勢傳送無盡的慕思
在一叢濃烟深處
我眼前驟然關閉生命的歡愉
食屍鳥盤廻不去
我是枯立的蘆葦無意於取信晴朗

秋為我而來亦為我而消匿
而我不知張望的意義
不知水晶的無價雲天的崇高
猶之一擱置的舟
我是頹敗的化石繫不住風的裙角

八

多麼清脆的呼喚之聲
甚於晚禱的鐘聲蕩漾在黃昏時分
流川哦　你是一柄燦亮的匕首
鋒刃耕作我肉體的土壤你收穫血色的
五穀　讓饑餓在你門庭外亡故

徐徐地一種音響騰逸自我的體內
我臉上有歡情擁舞
為你曾悉心塑造
我的美貌或醜陋
你的手揚起常是母親的睫眉

你可曾在我的身上嗅及
一首歌或一句話的氣息
那是青色或藍色的濡染
是你用熱淚播種
而今你用笑聲收穫

流川哦　當我觸及你身軀
我便在滴滴溶化

而在溶化中我曾
背負黃昏向黎明走近
在黎明中我是你的完成

土壤的歌

一

向日葵頑抗風雨的迫降
日日為陽光的莊嚴舉證
而森林恒是彩環一般地
御接地心的律動與天韻
造出自然底微妙的脈息

然後是山的多層次的肅穆
　水的多節奏的輕柔
在豐美而又重疊的交感中
人的沛然的主題突出一切
展示着無上的威權與儀範

二

他們在園圃與阡陌之上
腳印把力的輝煌與不朽
書寫　在操作的雙手間
他們一次又一次的鑄造
我的身軀在電閃雷鳴中

他們犁我以春日的甦醒
　植我以夏日的馥郁
　染我以秋日的歡欣
　覆我以冬日的遼夐
提煉着真實而埋葬假象

三

無所謂命定與時運

我以無所索求的
心胸　開放給一切的花與生物
讓人們在更迭的喜悅中
創造更為美好的明天

不要標我以黃金或鑽石的
那種被陳腐的紙幣的氣息
僵化而又虛假的等值
我願在人們的墾殖與營築中
像天空一般地放鬆自己

四

我願接受解剖與分析
在人們的智慧的甕中
我願被泡製成為一種甜食
或菜餚　我願品嚐的舌尖
如花瓣般細緻的觸及我額或我唇

而當我溢出我的血或淚
我願在可見的時日
聽見啜飲的聲音
猶似天空為繁星的慈母
我在為萬物造設眠床

朱沉冬 詩選

秋日訪耶魯

一片綠色
與天空相映的九月
如畫景
在博物館裏
陳列

松鼠與野鴿競賽
白果樹
與古老的教堂相對

景觀的
造型之手
把大地塑成美麗的秋天了

我們走着
耶魯的校園、真靜
靜得像佛陀打坐
無聲無息的
化為
神奇的生命

管管詩選

向日葵與煙

之后
你就會看見一些被排擠的營養不良的
星子。一個又一個的摔了下去
根本就無升天的可能。這種黃昏
這種黃昏
根本就無升天的可能
夏就把整個的太陽移植到這裏來
示威！
你可以讀到她們最最不愛叫男人讀到的
她們的

禁書

老兄。除了酒
這是一種很影響食慾的運動，
運動！

三棵向日葵背着十一個留鬍子的挺灑脫的太陽
在一家門口靜靜的裂着嘴
有一種挺遙遠的歌聲自他們的嘴里流進
那小子的耳朵
突然吧，那小子他竟他媽的跪了下去
（這里要蓋一座不屬於任何教的廟
我若是他媽的弄到錢）
那小子他媽的想

而一個漢子

在慢慢的吸食着滿街上的
那種
可以上癮的
煙味
　他媽的
翩翩而去

荒蕪之臉

據說那晚上整個的月亮在燒着山那邊塔那邊
水那邊的半個秋天。據說那一半秋天在城里
那個女人或那個男人的腸胃上。
據說也燒着那兩個對坐在不知被多少學生的
年輕的鞋子越蹂躪越他媽的更生出好多年輕
的手年輕的脚年輕的翅子一直在喊叫着奔跑
着飛著的那塊一個一個的草的臉上的漢子！
據說那兩個漢子一句也不說的在拚命的用於
艸燒月亮。
據說一句不說就是說了好多！
據說那兩個漢子把他們的臉撕下來拿了兩張
艸的荒蕪的臉就吹着哨子走進這條没被燒的
秋的巷子里去。
據說那一半秋天又走到城外這個男人或這個
女人的眼睛上。據說那晚整個月亮在燒着這
邊塔這邊寺這邊水這邊城這邊的半個秋天。
據說從那晚以后有兩張荒蕪的大臉在那座被
月亮燒着的城里城左城右城前城后的
臉過來又他媽的臉過去！

臉

愛戀中的伊是一柄春光燦爛的小刀
一柄春光燦爛的小刀割着吾的肌膚
被割之樹的肌膚誕生着一簇簇嬰芽
伊那嬰芽的手指是一柄柄春光燦爛的小刀

一葉葉春光燦爛的小刀上開着花
一滴滴紅花中結着一張張青菓
一張張痛苦的菓子是吾一枚枚的臉
吾那一枚枚的臉被伊那一柄柄春光燦爛的小刀
割着！
割着！

春歌

這紡了一夜也没紡完那棵那棵杏樹上的霧
這姐姐姐姐就好端端好端端的紡着了那個哭
三條四條蛇搖搖擺擺抖一抖滿身的泥土
就搖。搖到墻根下那棵那棵鳳尾草上
就張。張着口在硬晒那個那個喘着氣的太陽
也不知是兩個風箏放着兩個孩子也不知是兩
個孩子放着那個風箏
而另一個在仰着脖子看着看着呀那風箏就他
媽的放了滿滿的一天空
這還有一匹狗子在咬着滿麥地滿麥地那個風
箏
這所有的麻雀都拉長拉長喉嚨而終於拉成了
他媽的一根大喇叭
　　吹到街前這又吹到街后
　吹到街左這又吹到街右
這最後。就吹上了那棵那棵搭着鞦韆架子的
洋槐樹頭
這東南角上那羣那羣梨樹行子的梨花
打從昨晚就開始了那種那種挺過癮的爆炸
這爆炸是爆炸。這梨花是梨花
　　　　　　　　　但總不是遠處

那一羣羣的砲——聲——。
　　　　也他媽的總不是天上
那一羣羣的風——箏——。
這一羣嗩吶遠遠地繞着南河里那一遍那一遍
柳樹林子
這每一座花轎。必定坐着一個新娘子
老兄。你不能不說
　　這春天是一碼子事
　而這炸。彈。又是一碼子事兒
愛悶。南無阿泥屠佛。（註）

註：我想這兩句不用他媽的解釋。

住在大兵隔壁的菊花

——給我的大兵們做紀念

我看見一些野孩子在我們隔壁的菊花上頑皮
正當一些脫掉（差不多完全脫掉）死老百姓
的風采的吾在軍號裏。在槍裏。在內務
裏。在正步走裏
過日子的年月裏
　（是的。報告排長。）
因此我就挨了排長（他完完全全不是死老百
姓）一頓蠻豐盛的臭罵
因此排長壓根兒就没看見過菊花
更因此排長就壓根兒看不見菊花上的頑皮
也唯有因此我這兵當的比昨天，比昨天我覺
得更高級
更唯有因此解釋到熄燈號（足足喝了一壺水
）我們的排長還是不信這門子邪。等因奉此
　（報告排長。是。是的！）
我總會偷偷的（在晚點名前）拿水壺打着酒
來隔壁醉一回，總會遇到陶老頭出來做陪

總會與他那麼悠然上幾句
總會是挨了趕不上晚點名的頗為過癮的罵
而排長總會一口咬定說陶老頭是晉朝人
而排長總會說：你小子壓根兒在胡扯
（報告排長。是。是的！）
不管排長您信不信這門子邪
我看見菊花上有孩子在頑皮是真的
我與陶老頭喝酒是真的
我必須聞着我床頭上浸在墨水瓶裏的菊花才
睡得着也是真的
那天晚上我就看見每個鋼盔上都栽滿了菊花
更他媽的是真的
（我總偷偷的罵您排長知道個屁）
（報告排長。是。是的！）
報告排長。不過您不信這門子邪也是對的

菩提詩選

人在天馬塚口

十里楊柳
綿綿的鋪成一條慶州路
行行復行行，三百六十公里
輪軸的旋動可曾記起
這正是從百濟去新羅的舊時路
燕雀橫飛，江山如畫
誰家田頭聳起高高帽頂
敲出歷史的聲音
天馬塚、默默的一方洞口
咀嚼着無可如何的文化食客
問那柄銹劍，當今之世
疊合一千年的往事至今日午後

爾等鏗鏗鏘鏘，你我究竟是握手
還是爭執下去

劍已銹去
英雄豪傑俱成灰
你的頭盔，像一場褪色的戰爭
黑黑的置諸頸項的上方
我縱有淚，而此刻
南風不起，夏雨不至
環顧大豆、高粱、阡陌壠畝之間
誰縛了他的鴻鵠之志
鵰鵬繞天
極目西矚
一方落日正紅下柳園
這裏騷人墨客依例是清論高談
只是
我的拳頭也是歷史上的
方方字跡，伸與不伸
它終將一字一句的拳頭下去
遂嘯聲一呼：
高句麗——
百濟——
新羅——
五千年來，你我左鄰右毘
啊啊，我們卽是親族
也是朋友

青塚縵縵
柳絲柔柔
黃昏來時
蒼天悠悠

註：七月一日赴韓參加第四屆世界詩人大會。五日大會安排遊慶州。慶州古都也。觀天馬塚，正是夕陽落日一片輝煌。出得塚口彷彿英雄復活，繼而回顧，已是千古史跡。心胸

滔滔然，不可終日。因成詩。高句麗、百濟、新羅，由北而南爲韓之古三國，史稱三國時代。

吾患有身

家雀、在屋頂上
啄食我的房子

老鼠，啃我家牆腳作窩
牠們的後代霸佔着基礎
繁衍、綿延
天經、地義

牠們常用一雙賊眼刺我
這時，我多半在微笑
偶爾我也會
很英雄的睥睨
過
去
牠們只歪一歪鬍子
沒有笑聲

至於，蚊蟲，蟑螂
天生就是我家主子
只要把燈關掉
牠們什麼事、都幹得出來

城外明媚

仍然是春天，春天在城外
　城外明媚
仍然是明媚　明媚是水
　水在城外

城裏是聲音
是雨　是朦朧中擁抱的名子
放一船你的聲音裏
我便回想
　簷上的鈴聲熟了
　布匹店的生意淡了
　不坐汽車也可以穿越一個季節了
在你的臉上我摘下如許的青梅

隨便髮辮上有多少蝴蝶
隨便聲浪上有多少帆影
我只在你的河上航行
（在你的聲音裏、霧裏以及你的朦朧裏）
越過唇間的泥濘
越過湖底的笑意
回首山間

卽使天空如海
你仍是一顆星
肯定着一個方向

只是
星在星外
城在城外
明媚在明媚外
在水之外
唯眼睛裏的春天
永恒

錦　靜

假如。
　湍湍的川流是一囊憤怒的情緒
鳳凰木熱切的感覺到，遠遠的一口老鐘

　撞痛了自己以後的真正空虛
　縱然聲浪拋棄了赤道
　漫向地球的雙耳
那麼。
　和尚必然呆呆的站着
站着
遠遠的木魚聲　啄木鳥聲　以及不時剝落的
殘垣斷壁和那名與砲彈同時出口的嬰兒聲
一切一切說明和尚依舊站着
炊煙四起
暮色帶升起幾戶雞鳴的家庭
自從那年流行了扒路
老祖父再也想不起義和團的事
　紅纓槍　藍纓槍
以及隔壁三少爺嗜之如命的
黑穗子長矛
在老祖父的白花鬍子上滾上滾下
斜斜的曬陽坡　那年
老祖父的腳痛一下子就被心痛治好了
（老祖父牙痛的時候，總是問我那個殺人
　的故事講到那兒來。）
那年津浦路僅僅通到滄洲。
滹沱河灣的流水再也聽不見校歌
再也沒有誰認為
舀起一勺河水就是舀起一勺學問
　與其把黃楊樹的葉蔭洗掉不若把墓草剷掉
悠悠的滹沱河一下子就通到紅海
那年歐洲就在我們的村西頭
再也看不見北海了
回首，觸住滿臉的灰霧

　跌倒於黑色階梯的升騰

塔頂金黃之展現無異成為一朶欺蒙
自一隻錦靜鳥的綠色臉上跳出很多副業
街的那一端綠綠的尤其到了晚上
而那和尚依舊站着
從未睡過的一些悟
在廟前的那條河裏　洗些什麼？
紗布棉紙和一罐吃剩的青荳
而他們都說
錦靜鳥是一種很好的副業

要是我的鞋子變成那鳥
在大士的柳枝下徐徐張大
所有的瓶子也砌成一座空靈的小橋
（不管藥劑師樂不樂意）
在左足與右足之間
聯想潺潺的像跨下東去的大江

南一腔，北一腔的唱着
要是一切詞句我們都不再記得
那麼
蘇格拉底　一隻雄雞能換多少哲學
天才詩人　一位新娘可以贖回多厚的一疊鈔
票

向明詩選

展

你不能說
一粒麥子的迸然齏粉
就不是一首詩的
完成的

你不能說
一樹砍伐過的枝椏
就不是許多
憤憤然怒張的手勢

每當更深人靜時
當夜把大地抱得更緊
燈就把自己形成一個
太陽系的中心
籌畫着遠方
一次悲壯的甦醒

詩人

看見你時
總是不良於行的一種氣候
從鄰家阿良的
那雙淚眼中

看不見你時
好想你時
四樓的高處總會提醒
當他把一卷畫册
攤開

就那麼走入風景
你在那裏
你去那裏
誰也不會過問的

可以想見的是
你當是一種
慣於選擇季節的候鳥
在振翅欲飛之前
總有
一種聲音

窗外

看着窗外
看乳薺花嬌羞的綻與歿
以眼窩的空曠去求證
這立體裏究有幾枚星的容積

當昨日的那個老太陽
依舊不得不向地球陪着笑臉
當味吉爾也不響應依賽亞的回聲
而我在看着窗外
看遺存於窗外的雲的沒落，葉的沒落……
看發臭於衣飾裏的
星夢的骸，海夢的骸……
看充血的脈絡把未來擠成石灰質
苦撐着傾頹的現代

看着窗外時我就想
想着窗以陌生的眼嵌我在它不安的瞳仁裏
想着有一天我與我的足骨
在一朵麥花裏相見的歡愉

以及不知結在那柱鋼樑上
　我之帶鐵腥的屬性
就是這樣看着窗外
想着窗外
當昨日的那個老太陽
依舊不得不向地球陪着笑臉
當今日的我
跌落不到第八度空間的沉寂裏

野菠蘿

非一種美所可平衡的了
莫奈何的
如此屈着肘的盤根
如此脫着白的錯節

孤高何用，朦朧已經植根眼睫
前瞻似海，是海
後顧似山，是山
這不是踏雪尋梅的冬

這是蓊鬱的春
你之羅馬
埋于莠草
埋于碑林
埋于一串串深長的影

馬尾松

三萬六千根纖指恒向上
而抓星星去
而捧月月離
而一切均已歸化年輪

而隱隱然何以剖視

讓每次肅立裏都有禪
讓每次躬身裏都有寂
孤高何用，主要的是
亮劍已經不能代表一種雄姿
于此一沙凝地帶
聚居也非一種美

莫奈何的，乃在此
擲狂亂于髮型，乃在此
與荊棘同腐朽

一株自己

驟然，頓悟自己
竟是一株俊秀挺拔的樹
以超絕之姿在
花着自己的花
葉着自己的葉
倘傻着自己的菓實。

驟然。看見自己
竟是如此根深地在肯定着自己
是一株脈絡滿佈
且不需任何裝飾的
青青的樹
一株免疫於
病
蟲
害
的中年的自己

方莘詩選

無言歌：水仙

早晨當我到郵局去的時候
冬日的曇天是張晶亮的彫花大玻璃
一叢水仙在後面燃着熊熊冰冷的火焰
Echo，你的名字是一雙美好的新鞋
每晨令我踏上一程痛楚的忻悅

當我又懷着雪白的信封回來
冬日的曇天有一種異樣的微光
隔着一張晶亮的大玻璃我看見
一叢水仙燃燒在森冷冰亮的劍山上
Echo，我的呼聲永遠沒有回音
因為你不知道，因為你不知道

沸騰的酷寒是一座詭奇的迷宮
每舉步我踏碎一匣新穎的錯誤
Echo，你的眼睛是面半透明的鏡子
轉身之際，我看見我穿着自己的愚昧行走
我行走在自己的頭顱之上

月升

黃昏的天空，龐大莫名的笑靨啊
在奔跑着紅髮雀斑頑童的屋頂上
被踢起來的月亮
是一隻剛吃光的鳳梨罐頭
鏗然作響。

復活

這一切竟如此的靜。

打樁的錘聲停止
嬰孩的啼哭停止
汽車喇叭停止。

我舉手。仰望
碎冰的天空。
竟沒有一朵雲
一隻鳥。竟沒有
紫紅的發炎的土地上
一隻白骨的芽

穿破——

速度的變調

橙色的燈列漸漸移去
在至為感傷的大氣裡
升起一串
　　　植物纖維的
眼睛。

這樣輕易就遺忘了
只一枚鎳色的星
就釘住了滿天絕望
用庸俗的色調輕浮的筆觸
拋最後的手勢
　　　　向你們
　　一轉身
躍入距離間鋼色的速度。

空虛的擁抱

白色的漿菓匆匆落去
在硝煙瀰漫的大氣裡
升起一串
　　鮮血淋漓的
眼珠。

就這樣輕易遺忘了
只一枚赤色的釘
就撕破了一身絕望

用極痛的色調極恨的筆觸
拋最後的手勢
　　向你們
一弓身
躍入骨骼間空虛的擁抱。

開着門的電話亭

　　一個孤獨少年說：
她的笑聲是一把閃亮閃亮的銀角子
撒得滿地叮噹叮噹作響。
而我不是一座開着門的電話亭
唉，根本不是——

就連小小的小小的一枚企望
都不能投入。

坐

（直到一株蜀葵自肩上生起
取代了思維的位置）

不依附什麼啊眸子眸子
不依附於自己的瞌睡
一下午的秒滴就當温泉
雨聲中升起糺縵縵的煙霧
寬鬆的袖角別上德布西
小組曲小組曲我的講義

平淡的呼息翻動的書頁萊布尼兹
的楫莊子的槳椅子連接着椅子
誦讀漫漫的詢問漠漠的答案
遲遲的流過流過意識的波浪
教授你的喉音喃喃墜落
墜落墜落喃喃的粉末

耳語回顧黑檀色的靜默
拘謹肆放濕淋淋的睡意
逸走的眼神逸走寶藍的逸走

細緻的時刻沉落鳥聲的沉落
(樹梢上提着一隻空空的鳥巢
lullaby lullaby 啊 lullaby)

商略詩選

幻

而斷然的
這是世界

而一則阿剌伯夜之於我
之於一方夢幻的魔氈……
你上蜃樓就見着

我的背影因被蠡測
並作為塑造我之像的葫蘆；並釘死
（那麼匆匆草草的）
在十字星上

你會被撲滅的心
確曾冶煉純金。

靈的一隅

一

星沉一個夜
遽渺茫於一空的璀璨鏗鏘
而概無終始
而面容的昨昔藹然
矚視在窗
疊悠悠的我，這枕的高曠

二

只次夢樣的
偶或的映留

鏡中便闃然着許多花事

只梳篦和剪知道
天天的雲很亂
音響絕後
靈魂仍被擱成琴狀

三

獨自因在此間
記憶藕斷着
則愁高過誰的眉宇
遠過誰的行程

像牆依樣為自己而傾倒
空罇擲罷
翩躚的夜
因你是燈而我蛾蛻

四

囚禁或者自陷於
鎖的黑暗
夜乃如是靜寂、神秘而深邃

纔欲膜拜於一具燭臺下
體內就怦然經受
一次燃燒和熄滅

五

自盲瞳中認定
靈的存在
認定隻影於隻影
於幾何刼後

是一種擁抱頓置我於東南隅

乃如此不轉之石
且嶙峋了夜未央的天

墜落十三行

惻然
通過我心
以其痛楚，以血
以其一度的
攀升和墜落
天使或是鷹隼
祥與不祥的雲
泰坦神！
使用我的梯子……
多少鐘聲，以我

金屬性的醒來
今天的
絞刑架上的長春藤好是美觀

古寺與黃昏

風鈴的擊錘子給銹咬住
風敲不響它們
風敲響肅穆和古遠
尚有木魚晚課的喋喋
環泳於它湟槃之夢之冥渺
啜吐半山落日的殘色
浮屠下的圓寂者平安

罌粟

伊璧鳩魯之宴旣過
味根便落伊索底第二義
聽鐵杵霍霍然！欲針織
一襲天衣
褢炯炯衆目

在陽光不照
在唇與齒間
一種翻造又翻造的風暴
搖曳　朶
　　朶
　　朶
　　　朶罌粟
掇蛇涎
灌種
信不信就是這樣的一種邏輯

這樣鼓噪着
用罌粟
證蓮之不潔

街　心

用一個城市的
交錯又交錯，重疊又重疊
如是衆多的騷音
的沸鼎
烹我?!

用一個世紀的
重疊又重疊，交錯又交錯
如是衆多的速度
的匕首
剖割我?!

呵呵
我原是一尾
不歎西江，無視涸轍
而下噉靈川
　上搏銀河
而在有着幾株仙人掌的沙漠地帶
思想着的
魚。

葉維廉 詩選

內　窗

不曾把時刻辨認。
面象歸回鏡裏
顏色溢滿框
聲音在顫抖裏找着了自己
火成形於焰
醒來：清酒在靜脈裏流着
萘，晨街自妳夜之眉睫
冉冉出現
那未閉合時的豐庶
在那不辨時刻的閉合裏
變為濃郁
　一隻麋鹿吻於幽谷。

星花濺神蜜於妳的雙目
鳥兒停在飛翔上
我們在聽道裏遲遲不前
夜獻身給光：
黑色的鎖打開，而光就給它面貌
　　　　　　　　　　給它幅度
　　　　　　　　　給它凝神

而山安坐着。

或許等待了太多的夜晚
房舍傾出、沿着我的兩手
分開、排立。蓁
妳的以往是沒有量度的夢而
當陸地和海相爭為各自的主人
妳就以休息將之排解
將之放回原位

以休息把剛打完的鐘聲
挽留在母親的臂彎裏

（那就是崖岸嗎？
他們怎樣因執拗而見著。）

無色的心花盛放，使
音樂滴蕩着雲
開出的運煤船把太陽升起
當忙碌還給了橋
回聲還給了音，金黃湧向路
澄碧浮出水
　　　黑色，啊，黑色
遂因逐去夜而成虹。
濃郁的光之流轉。

而山安坐着。

不曾把時刻辨認。

仰望之歌

　　在一個荒落的小站上
　　　一尊皺乾的佛像悠悠醒來

丟掉的記憶把我承住，我就舒伸
因為只有舒伸是神的，我就舒伸
白翅的瞻望入你們馱負習俗的長雲
而跟着清白的風河萬里，在嬰兒
空無的胸間一再複述，你們進入光
一若一頭獅子走向水邊，聲音進入你們
樹便散開，扇形的記事就移出圍牆
而孩提富庶的目光
忽然在衆多的竚立間穿出
一串裸浴女子的水珠在廣場上迎接

而擠滿了臉的窗戶敞開來歡呼
我的流行很廣的奧德賽，因為
城鎮已依次自造
在盛夏鋸木板的氣味中
神與饑饉依次成為典故
在梁桁間葉子不負責任的搖曳
因為是風的孩提
因為是雲的孩提
　（那些是新來的客人自花姿
　　那些是船隻自容貌
　　那些是藍自凝視
　　那些是糖
　　　自山色）
因為是風的孩提
因為是雲的孩提
我的木馬在凌波上
我的鈴兒在說話中

當欲念生下了來臨與離別
當疲色的形體逼向車站
當燃燒的沉默毀去邊界
風的孩提
雲的孩提
你們可知道稻田怎樣被新穗所抓住
我怎樣被故事，河流怎樣被兩岸
兩岸怎樣被行人，行人怎樣被
龍舌蘭的太陽？
花朵破泥牆而出，我就舒伸
因為只剩下舒伸是神的，就舒伸
向十萬里，千萬里
十萬里千萬里的恐懼

簫孔裏的流泉

鳥鳥鳥鳥
一片織得密不通風的鳥聲
隨着朝霞散開

透明
便肌膚似的
延伸起來
城市渺小了
最後的一顆晨星淡滅

高山上
泉水穿入一支巨大的橫簫的體內
從簫孔裏
流出

紅木凝聽
溪石擊奏
山翠濃淺濃淺的伴着

入谷出谷
入雲出雲
谷凝聽
雲擊奏

直到

瀑布一瀉
瀉入洗衣洗菜洗肉化學染料洗機身車身的
一片密不通風的馬達的人聲
人人人馬達馬達人人人馬達人
響徹雲霄

棲霞山

層層卷卷的
雲浪
湧向岩岸
激濺
激濺
雲花
在半空中
停住
琉璃清脆的陽光
灑滿
對岸的青山
聽：
那剛出海的
竹筏
驚起一羣
浴雲的白鳥
鳴入
深遠的秋空

曹介直 詩選

瓶中歲月

——一則故事，從海濱拾來的

主啊，何竟賜我雙眼之殘酷

任風景嵌於周壁——
　　鳶飛　魚躍
　雲湧　濤與
而我擁有的　惟搖晃與擱淺

我的血吶喊着：欲飛
我的骨咆哮着：欲作垂天之雲
而企望萬千　終似黑傘般收起
當伸手拾不起一瓣貝殼

果有頑童偶來海畔
拔去我萬年的封塞？——
我等着。任寂寞浸我如標本
任時間結繭於壁周

主啊！何竟賜我雙眼之殘酷

戴成義 詩選

石頭記

一

時間是一九六九年
地點是殖民地
人物是我
事件是
突然
我的心中
生長着
一塊石頭

那是一種
没有黃昏的夜
那是一種
不得不刹車的
決定
那是一粒砂
不在
眼睛裏

對於種子
人們最怕的
就是死
對於夢
是醒
對於石頭
是不斷的
生長

假如瞳孔裏

有泰山
那些蒼翠
那些雄偉
在霎那之間
都只不過
是一粒
翠玉的球

擺龍門

我們把女人的雙乳
擺了又擺
然後又再打別的主意

那真是他媽的難堪
當我們剛剛要把
右手的文化擻平
在左手
又誕生了野蠻

無聊是每天的常客
給我們啐在地上
伴着沒有味的香口膠兒
就是這樣的意義

而且巴黎的時裝家
將烽火從阿爾及尼亞
播種在伊們
非常坦白的背肩上面
與乎下面

我們的口哨
便像救火車那樣
要去鎮壓革命的火花

卽使沒有人造反
不過眼睛瞪了一下

還是要擺一擺
譬如球一樣滾的
背後的愛情
兼及脫跟的高跟
抽紗的絲襪

然後便灰燼了
招手來一盃
一個透明的空虛
一個無火的燃燒
然後夕陽般沉下去

周鼎詩選

飄

——兼給介直

（色卽是空）

越過河
越過星
雖然飛翔是關於翅膀的事
天外有天

我們原不是擠窄門的人
片片的雲
曾是我們東西南北的行腳

頓悟額際的一條路
就可以通向不朽
在一個廻旋之後
我們將七竅一齊擲給她們的赤裸
(空卽是色)

青鳥

沒有甚麼曾經是你的
甚至那片
巫山的雲
(然而那是另一回事)
來自水的
歸於水
只要在她們
無論是誰的雙乳間匍匐
就可以尋到你的上帝
那時
你的眼睛是青鳥

異鄉人

他遼濶的前額
是勞倫斯的腳印所未曾詮釋的
另一種沙漠
他是連紅也紅得使他厭倦的異鄉人
荒涼如穆罕默德的劍
釋迦的悲

所以哀悼死了的母親
不如去摟誰都可以摟摟的瑪麗——
他是我的莫魯穌

陽光也恨他

大荒詩選

殷鼎的懷疑

拔地而起，振甲骨文的紋身，從千年沉睡中醒來，一睜目，便吐字語為龍牙，揮江河為臂，擒太陽點火，你凜然而笑曰：大漠孤煙畢竟是直的！

傳說今年燕子和春風都被宣佈為非法入境，因為翻新去年的桃花。傳說你被宣佈為一死亡的巨釜，譯桃花的顏色綴飾莎樂美的舞衣而舞伊舞過的舞。若不碎你為廢鐵，不必唸什麼咒語，你就能使大海成為一碗可口的鮮湯而輕取約翰的首級（瞎鬧什麼就是那樣瘦成西施的）！

唉，好長好沉默的喧鬧：每個黃昏，海葵總是踢高原的影子，日落後，為欲昇騰為星，有人就在黑上刻自己的名字。沒有人爭論的時間的斷面沒有人雕刻，我是斷面下一扭曲的陰影，把視聽移置於腳掌下邊。

發瘋的手

整條河被洗汚了
八卦被扭着脖子
刑求出八八六十五卦
仍招不回脫手的驚魂
右手遂被槍握成顫慄
　被筆寫成文盲
　被箸夾成饑餓
　被拳攢成鬆弛

反掌而視
嗄！一手的白癡！
滿掌紋路
已棄職　　　潛
　　　　　　逃
唯恐右手禍延左手
左手斷然奏刀
將右手放逐
禿鷹飛來又飛去
相繼被拒於地水風
火乃以一爐純青把它烤得很熊掌
沾消毒液餵狗
　而狗竟掉頭不顧
　硬是很不體統的
　任它在衆目睽睽下
　讓腐臭招領

斷掌之後，那人緊扼着疼痛
退……退……退……退……退
退進長恨歌

（白居易，那司閽老人
把他看成賊）

八里海濱

觀音山之西八里
大地趑趄不前了
一方高架天線把海岸層層防禦起來
浪是朔風構築的工事
掩護一排排白色士兵
撲過來撲過來撲過來
前波未平
後波又起
不疲的肉搏
石磨蝕鋒稜
貝損挹斑彩
不測的海峽
沸沸鮮血已冷淬成湛湛藍色
而沙灘仍止於微傾
潮汐仍終於洶湧
永不妥協的爭執
妥協於永恒的對峙

問僵局已堅持多久
只有去量那座半沒海中的碉堡
涉水多深
距岸多遠
倘或披沙瀝水
所獲無非鹹鹹的佚聞

沙灘寥夐
喧騷的海寂寂
我在冬之夕暮策落日西征
行到途窮處
僅因一聲疑似的阮籍而回顧
落日竟縱身入海
棄我在水陸接縫上
跌成八大

風與烟

思君若汶水，浩蕩寄南征
——李白沙丘城下寄杜甫

你竟不知那是貼地而走的輕烟
你因抓不住他而哭泣，他正苦於抓不住自己
為欲凝成某種具體的形式
他跳進紡車，讓向心力
且旋
且纏
且緊而成為繭

竟這樣快：目光猶未解除渴
而輕絮猶低徊杯沿
路已展開恭候的姿勢
塵土踏陷，方向依然不肯回首
憂傷就把一列火車壓出沉沉的喘息

在某種時刻，清醒實在是一盃酸酒
傷感是唯一可口的食物
醉飲之後，什麼也支持不住暈眩
就緊扶你的名字

已是一根虛線，拉住不復拉住
已是一泓溪水，剪刀的努力便是可憐的掙扎
當你的嘆息凄然如霧
破繭而生，他才明白
你乃一陣早秋的風

張健詩選

謎

河水的語言
彩霞的畫意
一尊神端坐在
少女的眉心

公冶長失眠之夜，甚至
馬蒂斯也甩去了調色盤
我是迷失在亞馬遜叢林中的
一隻牡鹿

謎面是微笑，是輕顰
——一個烏托邦的童話。

闖謎者倚着燈光
試搜索髮香的定義

那眸光是更河水的河水
那緋靨是更彩霞的彩霞
泅水者，攀虹人
你溺斃，你傾仆！

刺傷者廻眸時
她是最温柔的裹傷人
依然是年華般莫測的
一段謎話。元宵日的
一粒隨時萌發的纖種
做你的泥土吧！那温柔
會在你的滋潤中
仰她的花葉
向滿懷不解的青空

謎底給祢
解謎人已在我足底俯伏！

光之浴

躺在無憂的陽光底下
像是曬暖一箱子的舊書
讓鳥聲滲入我的書頁
去年的鬱愁，請回歸泥土

捉也捉不住的季節
就此無心地在我頰上散步
風說一些故事，雲做一些舞姿
我的影子醞釀一次小小的復古

低喚一聲，投入酣眠在西半球的
一位友人的夢境。微笑一次
看蜜蜂懂不懂把它細細釀製

沒有一線光芒會來得太遲
沒有一個春天不醉壞了幾首小詩
一雁飛，羣雁飛
一段音樂落在鄰家的小池

沒有回聲的冬之鼓

沒有回聲的一隻鼓
沒有鼓手的冬之午。
一窗德夫札克的餘音
默撫我於冗長的晝寢
母親的祈禱，弟弟的夜讀

詹森的演說和宇譚的躊躇
一朵冷澀的雛菊
孤立向朝風夕雨

當晨報乍然自門隙落下
一九六五已朦朧了十萬個刹那
一枚焦灼的朝陽猛叩
吞吐了半世紀的邱翁的烟斗

豪邁的烟斗已熄。古典的炊烟
也不復悠緩地昇起
長河不復悲壯於落日
墟里無詩。

「哈里路亞！
披頭的是復活節的上帝。」
海明威的獵槍憂然不響

老人啊，絕海茫茫

發薪日，詫異自己的影子
竟酷似卡繆的覆車，但一種衝刺
凝凍在二十五歲的脊柱裏
「我主，請賜一童貞女
引燃我萬頃的孤寂。」

一握手貧血症便湧上那人的意識
我是寒冷的，寒冷的
那太陽，那神像，那愛因斯坦……
嚴冬升不起一光一焰

你們將泯未泯的先知
又一齣渾沌鑿竅的鬧劇！（註）
大地穆穆
一幽蘭斂瓣於衆多知音之逝

乃展雙葉，反抱住自己
和歷史作柏拉圖式的戀愛。
如風濕患者之於陰雨
聯合國大廈的脈搏撼我頻頻
而鼓聲不鳴。

乃獨酌自己：
酒耶？露耶？抑世紀底蒸液？
一種馨澤的中原草
惶然，覓不到它落根的泥土
唉唉，東籬無菊，南山如霧！

塵土濺去歲月，漢驃騎的蹄痕
褪色為瑟瑟縮縮的一盤殘憶
維納斯在遠洋，掬不盈
一握純希臘的眼淚

出發，將回歸訴諸空無
以蒼天為石礎
建一座悔罪的殿宇
以童貞，以煉獄，以上一代的枯骨
填平冥冥中的赫赫巨念
出發，出發，而脫落呼聲

任憑中原草不再盛萌
任憑雛菊佇立得更冷
而哲人的孤影乍長
頓化為一支飈悍的鼓棒……

沒有回聲的一隻鼓
沒有鼓手的冬之午。

註：莊子應帝王篇：「南海之帝爲儵，北海之帝爲忽，中央之帝爲渾沌。儵與忽時相遇于渾沌之地，渾沌待之甚善。儵與忽謀報渾沌之德；曰：『人皆有七竅，以視聽食息，此獨無有；嘗試鑿之。』日鑿一竅，七日而渾沌死。」

躲避球

躲來躲去
無非閃躲上課的鐘聲
像桃花源裏的人
紛紛避開迎面灑來的花雨

黃昏

那少年
一路踢石子
踢得滿天顏料
七顛八倒

掃

掃地擦黑板的值日生
不小心掃落一顆流星
楞在那兒
等老師打手心

窗

窗是一幅變幻不停的海報
我是海
不斷地湧出窗口
又由窗口湧進來

林煥彰 詩選

讀牆

一

每天，我都到那裏去讀牆
——一截時間之書的殘頁
　很是奧義。

石灰都已脫落
牆面都已斑剝

時間，時間
這是這樣一種容顏嗎？
而我常和祢擦身走過
卻未曾深識，祢那額上蝕刻
鐘鼎的文字……

二

夜晚，我已讀過。

而牆猶是一頁晦暗的天空，星光
星光總隱在無望的眼瞼之後

除了祢，我該向誰問話？

偉大常因謙虛
岩石常因緘默

則我，已開始向祢學習——

三

扉頁終要翻過，雖則
陽光是一篇很好的序文
也要翻過

早晨，我就這樣停在最難懂的地方

而牆該為着衛護，還是
　為着囚禁？

很久很久
卽因這樣的一頁
我不敢翻過

小溪

打山和山之間
走下來
沿路吹着口哨唱着兒歌的
那條小溪

（是我遺落的一支笛子，在童年）

如果我們沒有遺忘
那該是逃難時
一支瘦小饑餓且帶恐懼疲憊了的
兒歌

十五·月蝕

八點鐘，月在我二樓
企圖穿窗而過

十五那個晚上
我捉住了她
所以，你們
就有了一次月蝕

而午夜
她將衣裳留在我床上
所以，那晚
她特別明亮

星期一

我們不是樹
而像樹那樣被植着
就是不幸

一

下士回來時
我們的槍已擺在那裏
足夠稱為林子的

那一役之後
我們坐在井湄喝水
想及昔日在這裡汲水的女子
以及浣衣的母親們
我們就要哭
——我們叫不出這是什麼樣的戰爭
我們沒有酗酒　你說
我們不致於那麼糊塗
是的　但我們
誰都叫不出誰的名字
在那個井湄酗水的黃昏

二

太陽在我們來時的方向洗臉
說這是天亮

而我們還是躺着
躺着就有睡眠那樣應該躺着的理由
——今日不戰爭
但我們必須前進
而路　就如拉縴者的手
緊拉着我們船一般的鞋
於是左腿向前右腿跟進
好長的路呵　就這樣疲憊在我們的足下
而渡口　渡口仍在張望着我們一個下午

三

船將啓航　那是黃昏
我們脫下鋼盔杓那晚霞狂飲着
你說有女人就好了
是的　我們都患着同樣的病

我們需要戰爭也極需要女人和酒
——但我們還是叫嚷不出這是什麼樣的戰爭

四

而船向海
夜向黎明
我們向夢
下士　倘若這也是一種航行
你說　戰爭該向什麼

杜國清 詩選

雨

蜷臥在暗陰陰的狹谷裏
伸伸懶腰之後
隨着母親的冷汗和熱淚而落下
——這單程的旅途，為尋求另一個
世界，在那兒長生或死亡

雨落着
落在煙囱上
落在裹着頭走動的破毯上
落在長城的望樓上
落在孤島的孤山的孤樹上
落在江上，江上漁翁戴着鋼盔

他們用機關槍打着水瓢兒呢
雨落着
落在轎車上，狗在車上
只要能透過水晶的靈魂
寫出自己的一行七彩的輓詩
這單程的旅途，何必躊躇
三十億的生命
瞬間就在土裡消失……

張錯詩選

望鄉兩首

一

我要和弟弟比賽摺紙
要做一隻雄俊的白馬
走得比光還快
把日子遠遠拋在蹄聲的後面——
可是我年幼的弟弟
摺來摺去
白色的馬腳
總是短短的。

二

咳嗽，咳嗽，
我彷彿聽到我大地的母親
在遙遠地咳嗽，
從佝僂的山脊
隱約傳來
斷斷續續
搖落那一滴在眼眶
掛了十年的
倔強的眼淚。

辛牧詩選

變調的海

第二首

你勢必被逼為浪子
因為你已是浪子並且必然是浪子
想家而無家且處處為家
因為沒有人了解
芒鞋的悽苦，因為沒有人了解
甕的苦悶，鉢的悲哀與夫
脈管中奔瀉的蒺藜
你勢必成為銅鼓與木魚
成為衆多無聊的聲響
你勢必成為繭中之蛹抑蛹中之繭？
如果你是那條燃燒的河流

石像之無視，無視之茫然
喔，如果你是裂鏡中的臉孔
盲瞳中的眼睛
眼睛中的火焰
成長中的枯槁
枯槁中的腐朽
腐朽中的向日葵以及向日葵中之天竺葵
天竺葵之無奈以及
無奈中之一無所有

昔日

像是一個被遺漏的帳目
一個隔夜的故事
像是一支被生疏的曲子
在午夜汐落之後
又悠揚悠揚地
揚起
冬曉。鋅鍍的月光輕輕地下落
下落一足冷冽的倦意
一足烏鴉色的
昔日，以一種色彩斑剝的顏面
自瓷瓶，無涯的落寞中
瀰出
且在鏡面的雪原上映照着
昨日的刀鞋劃過的殘痕
一個細瘦蒼老的
影子

碑

那是一張蝕滿皺紋的

臉在現實與生存之間
那是一張望着遠方發愣的臉

甕

把你們的淚水拋給我
我的口恒張
把你們啃過後的菓核拋給我
我是甕，你們心中的井

爆破的石榴

那是一枚在刀口下誕生的石榴
在盤中，而渴於水
（沒有人了解它熾燄的內容）
下午六點鐘
那枚石榴
因吸飽光而爆破
——轟然崩潰的太陽

劉延湘 詩選

夜曲

夜是一種惶然地息止
像古代宮庭裏將發生血底事件

那邊
我看見落下一道紫光
及一扇雕琢精巧的圓形拱門
在它底盡端　不曾開啓
我茫然坐視

長久被囚着，夜啊
我底手已僵，足已潰爛
祇任你裸裎的身軀爬滿我　任你
石冷的手臂伸向我的肩

母親啊，我被囚着
陽光啊！我被囚着
「暗殺，暗殺！」
在窗外被風傳遞着

夜啊，當你褐色的杯子裡盛滿鮮液
當我飲着那冲心底温暖
當我如此躺下　於逐漸離去的金色聲響中
有冰透了底手指撫動我的底髮

給C，十九世紀底

冰粒，細緻而明潔
落着我
如此繽紛地，落于

我塵封了底額
熾炙底胸啊

金屬
太薄太薄底
以其冷冷地敲擊
純白底震顫
喜躍着我　似湖面
粼粼波光底展開
似夜底樹叢間寒瑟的嘆息　沒有
憂愁

啊，綿綿如此
密髮中藏着心
夜霧中藏着髮
當一柱植物般柔長底蒼白　似青煙
自其間生昇　如此

于夜底純黑的巨翼之下
仰在星子間　我靜待
像靜待夏於冬夜

靜待
那傾注於你底
透亮底流液
湧起的瞬時

時間

時間是一輛汽車疾駛的馬路
馬路是一條靜默的河流
河流是海洋軀體的手臂
而海洋呢
是羣鷗談話的廣場
以及

生長時間的土地

橘子

母親放了一只橙黃的橘子在桌上
不說一句話
走了
黑貓從桌底下斜穿而過

朶思詩選

變調

他直是反覆在上昇與下降的梯級
不能毅然去選擇某種單純

泱泱的水
淹沒了水溝
淹沒他迷糊在冬季禿樹林裡的
徬徨

陽光纖弱得直像是
一顆從墓地走回的頭顱
低埋着，卻一腳踩踏在
汚濘沒有紋路的街道上。

被逗弄的火雞一般
他緩緩轉身，奮然躍起
擺脫了擠搾所有精力的牙痛的
厮纏那樣的
有飛機的哼唧
掠曬在灰色屋脊上面
一粒粒有力、透明的音符
是種植在天空的秧苗

哨夜

停止針刺般戳入淺黃膚肌的
黃昏之戰慄
北風蒼然走入
懸在半空中流淌着數點紅花的
光禿枝椏間，且走出
自一皿上等瓷器的潔白
在遠處，遙遙的呢喃織着
一匹嘶裂的吼叫
像黃鶯
把歌聲播種在異地的風俗裏
她播種
一朵淒楚的眼神，在一次
血腥的戰役中

然後，夜便誕生着血
血遂配合着力
猶似刀芒在海嘯中被昏暗勒住
我的胸膛
淘淘被去夏的戰火哨烟所薰醉
我的眼
在雨中升起了一爐炙熱的岸

散開　集結
不可名狀的愛和恨
在其中，岩石不能察覺半個音差
蕭邦只綿密的縫着他的憤怒
今夕——
月在海中，浪濤在我心中

昨

業已成為過去那麼一回事
且被納入了熠熠的鑽石般之回憶的
一角的
昨日，是一道可口的甜食
消化了整個下午停在鼻尖上空
絲絨般的寂寞。昨日
沒有旋起戰禍，沒有蔓延疫癘，沒有
困惑和焦慮
而若是美麗的回憶，引燃了悔恨
若是奇想成為建築，若是獨自爆開
轟動，若是那樣
昨日已與我相偕引渡
雖然它不曾真正成其為神，它卻是
一種力量，默默與你相隨
似一枚幸運的骰子

鈴響

如雨，被通知着去參加
這一季的猜謎大賽
所以所有鬆懈的細胞
全都武裝了起來

暮，匆匆步出赴會
只為猜猜看
站於門外
圈在迂迴問號裏的
明日的臉
是什麼形象

負　荷

子彈，描向敵方射落
而不知去向
女子們時常那樣
造就了你心中的
一種負荷
一張掛號的收條
月光歪在窗緣上

日曆的指數是九
有時候
你就得很傻的站起來
對井邊垂楊的倒影
做着預知失望的撲殺

（而切齒以後）
當她疲累
當她空遊倦歸
或是心血來潮，那時候
猶之處於一片漆黑的無奈
突聽到馬達悠然的轉動

她，遂以一紙突然
扭直了你變形的五孔

海之浪

我的思路止不住的擊起
擊掌的衝動

當血嘩然成一把刀
卻割不盡望鄉的荊棘
當雙眼所及
只是海崖和鷗鳥

則航行船隻是不是該像鄉愁一般
搖曳在海風中
那血濃鄉愁是不是又該像蘆葦一般
擺顫在
悸
動
中

王　渝詩選

時間廣場

燈下。我的頸，四肢伸長
我輕輕離去，攀上嚴寒的
冬日。沉重的天空
有層層小雪織成的面紗
我上昇，變白

來往的人們仍然忽忙，仍然孤寂
仍然觸着這一城市的心臟
我卻摒棄了它的吶喊，輕盈如一飄舞的雪花
獨自向時間的深處隱去——

流浪

終點的城市釘死在墻上
流浪的那人雙目中是一條幽深而遙遠的路途
我不僅是唯一的旅人，還有
北風，唱着冷冷的冬之歌，還有

那些沒有根的植物，披着長髮漫走

方向是一詭譎的情人，閃爍，變幻，還不時
豎起碑石般的驕傲
寂寞便隨着雪的白投向我

我將行囊裝滿了夢的碎影
搖幌在風雪中

傾

那難堪的別離是堅硬而冷洌的
以沉默，以無可奈何的茫然
一雙稚嫩的手扶持棺木
去不知的方向
（死亡的聲音擴大，時間啊！伴他合唱）

她的心裏不再有言語
成型的絕望啊，斑斑點點地
落在她青青的年齡上

一大片空白裏她蜷伏着
夢裏總是相同的情景
——一垛斷牆

羅英詩選

隧道

隧道穿着山
山穿着雲
雲穿着天空
天空穿着冬天流質的寒冷

我是渾然凍結的山泉
在掘空的墓那樣的
隧道中
眼望着
一片楓葉
正冉冉地
落在
隧道前耀眼的
日光裏

那楓葉
忽將他哭喊的聲音
倒進了
靜寂
倒進了隧道的
黑暗中

橋

下午七時的
太陽
將不安的橋樑
點燃
將自己與那

季節的
臉
一併焚毀在橋上
熊熊的
火焰中

綿綿的河水
收集細碎的
月光
去建造明日
明日是
另一座
哭泣的
橋

夢

薔薇
温婉的香味
向空中
裊升起
衆多的手指
讓鳥鳴
自其間
緩緩地流過
讓鏡子的
眸光
懸掛其
須臾的
短夢

夢要自天空
剪一襲
灰濛濛的秋色

要自薔薇花間
摘一朶
淒冷的
笑容

雲的曲調

鳥羽間
温熱的
秋
越過
我心積雪的山頭
在冰凍而瑩淡的
路燈
與路燈之間
寫下
哀愁
秋
飛起來是鷹
是衆多的喧嘩
秋將喧嘩聲
像落葉似的
吹散
將星辰
排演成
詩的模樣
秋與羣天使
舞成
雲的曲調

貓

在夜的一隻眼裡，我是貓。在黑色的濶葉樹下。樹上長着羽狀的迷離；以及那種開了又謝的野菊花。而我的倦意是尋找衣殼的田螺。
——夜晚，復用另一眼看着。

那牧童用淚說，看到我的羊嗎？那太陽色的
穿吉卜西鞋的唱歌的羊嗎？羊真是死了，我
說，死在月光沒有堤岸的海裡，你亦是死
的，你是那走去的水上的星光。

在夜合上的雙眼中，我是貓。是池中的蝶，
是枕着甜夢的不開花的仙人掌，是影子和影
子畫出來的——貓。

黑夢

窗外，那冰冷的小玩偶的瞳一樣的黑暗，沒
有等待且不為着什麼，在一隻病鼠的嘆息中
就不經移植便長滿了整間屋子。

百葉窗留着一些不要睡的間隙，使那雲和窗
內的我被削成片狀
時間亦一層層地堆砌起來。

到這裏來的夢祇見到黑的尾巴，而且不能用
來採一顆星。那就睡在夜的髮裡吧，睡在沒
有門窗的白晝，睡在一絲漣漪也沒有的遺忘
中。

最後的石榴

喝我吧，陽光說，喝我催眠的雨：喝我不落
地的愛情，喝我不停留的屬於蕨類的愚蠢。
喝我吧，請閉着你的眼睛，喝我。

我的傘是張着的，太陽說；讓你們憂悒在這

兒停留吧，以及那些下午的眼睛，以及那些獵人遺落的沒有出口的聽覺，一切都停留吧，太陽說：像停留在毒菌的甜蜜的摺頁裡，停留在一尾懸念也沒有的河裡。為什麼你們要哭呢？快睡着的太陽說：為什麼你們用濕衣服把夜晚帶來。為什麼小小的針形葉就能把我殺死。為什麼樹幹和葉脈都變得癱瘓。

你們說：你們的淚是那可笑的流星雨嗎？你們卽刻就去死吧。太陽說：我要吃下你們的心，你們的心像酸味的石頭，你們的心是最後的番石榴。

殯儀館

她
凝立着
自以為是一隻
蝴蝶
靜待
焚屍爐內
伸出
掙扎的手
不僵直的烟
或是旣經奏出便摺不攏的
哀樂

她自以為是
靈堂前的一朵
菊花
多層次的花瓣內
裝載着的欲望和
盈盈的

星光
將在這裡
安葬

稻草人

憂患的
稻草人
髮間行行着蟻螻般
驚恐的
月光

顫冷於苔那樣執拗的
等候中
稻草人木訥的
心
接不住梭行如鳥的

星光
接不住
嘆息
遂未經手術和淚般的
滴血
便枯乾成
樹

秋
正一片一片地
墜落

非馬詩選

脚與沙

知道脚
歷史感深重
想留下痕跡

沙
在茫茫大漠上
等它

黃河

把
一個苦難
兩個苦難
百十個苦難
億萬個苦難
一古腦兒傾入
這古老的河

使它渾濁
使它氾濫
使它在午夜與黎明間
枕面遼闊的版圖上
改道又改道
改道又改道

席慕蓉　詩選

試驗之一

他們說　在水中放進
一塊小小的明礬
就能沉澱出　所有的
渣滓

那麼　如果
如果在我們的心中放進
一首詩
是不是　也可以
沉澱所有的　昨日

沙　牧　詩選

歲月的眼睛

不淡的
淡水河
晚潮來時
又在偎著
橫臥的觀音山
白頭宮女般
娓娓喋喋
敍說
明清那些年代
林也似的桅檣
是如何如何
遠自唐山來

那邊山腳下
早就免役的碉堡
有如斷絕了
香火的孤墳
長滿蔓蔓野草
而令人泫然的
是隔著海角
野草恁地蔓蔓
也蔓不到天涯

一架波音747
打著燈光的旗語
從圓山上空
以超箭矢的姿速
雷霆般滑過
而忠烈祠裡
坐在牌位上的
烈士和雄傑們
猶在振臂吶喊

河岸那端
是廸化街
狹窄而老舊的街道和店舖
字號和台尺台秤算盤和方言
依舊堅持先民的本色
而中山北路一至三段
拔地而起的大厦與高樓
一派想跟天公
共比高的神氣
蜂窩似的
可笑復可憐

收在歲月

眼底的
當然不止
這麼一點點
而歲月從來
就不曾說過什麼
歲月只是
看
看
看

國家圖書館出版品預行編目資料

中國現代詩／張健著. --初版. --臺北市：五南，1984 [民73]
面；　公分
ISBN 978-957-11-0911-4（平裝）
1. 中國詩 - 現代(1900-) - 評論
821　　83011496

1X18 中國文學系列

中國現代詩

作　　者 — 張　健
發 行 人 — 楊榮川
總 經 理 — 楊士清
副總編輯 — 黃惠娟
責任編輯 — 蔡佳伶
出 版 者 — 五南圖書出版股份有限公司
地　　址：106台北市大安區和平東路二段339號4
電　　話：(02)2705-5066　傳　　真：(02)2706-610
網　　址：http://www.wunan.com.tw
電子郵件：wunan@wunan.com.tw
劃撥帳號：01068953
戶　　名：五南圖書出版股份有限公司

法律顧問　林勝安律師事務所　林勝安律師

出版日期　1984年1月初版一刷
　　　　　2018年3月初版七刷

定　　價　新臺幣305元